双葉文庫

大富豪同心

卯之吉子守唄

幡大介

この作品は双葉文庫のために書き下ろされました。

目次

第一章　本所の産女《うぶめ》　7
第二章　蝮《まむし》と赤ん坊　52
第三章　鬼哭啾々《きこくしゅうしゅう》　106
第四章　隠し金の産着《うぶぎ》　152
第五章　本所小梅村　204
第六章　捕り物中山道　255

卯之吉子守唄

大富豪同心

第一章　本所の産女《うぶめ》

一

本所や深川は江戸市中から見て大川の対岸にある。人口が増大し続ける江戸の土地不足を解消するために下総国《しもうさのくに》から編入された。大名家の下屋敷や貧乏御家人の屋敷などが建てられつつあったが、まだまだ寂しい土地柄であった。

その番小屋は本所入江町《いりえちょう》の外れに建っていた。日中は町役人《ちょうやくにん》や書き役などが詰めているのだが、夜には町入用《まちいりよう》（町会費）で雇われた番太郎がたった一人で番をしていた。

水の流れる音が煩《うるさ》くて、番太郎の助次郎《すけじろう》は目を覚ました。

もう六十を過ぎようかという老体だ。髷《まげ》もほとんど真っ白になりつつある。助次郎は手拭いで首を拭きながら起き上がった。

入江町の番小屋は横川の川岸にあった。横川は人の手で開削された掘割である。

江戸の町には大小の掘割が引かれている。荷を運ぶ舟を通すために水路が必要だからだ。

掘割は海に直結しているので、潮の満ち引きによって水位が変わる。海の潮位が上がったときには、水が海から江戸の奥まで逆流してくる。湊《みなと》の荷揚げ場から江戸市中に向かう小舟は、この潮流に乗ることで楽に荷を運ぶことができた。

潮が引く際には、江戸の奥から海に向かって水が流れる。今度は江戸の市中から湊に荷を運ぶ舟が、流れに乗って押し出されてくる。

同時に掘割の底に溜まったゴミや汚泥も一緒に排出され、掘割そのものが清潔に保たれるという智慧《ちえ》が働いていた。

助次郎が耳にした轟音《ごうおん》は、海へ向かって流れる水流の音であったのだ。

入江町の近くで横川は竪川《たてかわ》と合流する。二つの流れが荒波をかきたて、地鳴りのような音を響かせている。

安眠を妨げられてしまったわけだが、助次郎は格別、腹を立てもしなかった。番太郎は夜通し起きているのが仕事だ。居眠りから起こしてもらえてかえって有り難いという話であった。

助次郎は莨盆《たばこぼん》を引き寄せた。

障子戸の隙間から吹き込む風が、ふと、秋を感じさせた。昼間はまだうんざりするほどに暑いのだが、いつのまにか季節は移ろいつつあるようだ。

助次郎は首筋に手をやった。

「チッ、こんなに食われてやがる」

愚痴《ぐち》をこぼしながら身体のあちこちをポリポリと掻《か》く。

番小屋の中に蚊帳《かや》を吊るわけにはいかない。ちょっと居眠りをすると容赦なく蚊に食われた。

「冬の冷え込みよりは、ずっと過ごしやすいけどなぁ」

話し相手もいないのに独り言を呟《つぶや》き続けている。孤独な人間は独語が多くなるという。自分に関しては、まったくその通りだと、助次郎は日頃から自覚していた。

ふと、行灯《あんどん》の明かりが揺れた。油が切れかかっているらしい。助次郎は油を注《さ》そうと思って腰を上げた。

その時であった。

「もうし」

女の声がした──ような気がした。助次郎はビクッと身を震わせると中腰のまま障子戸を見た。

本来なら障子戸は終日、昼も夜も、開け放っておかなければならない。そういう決め事になっている。道を行く者たちに目を光らせるのが番小屋の役目であるからだ。

しかし世は太平である。夜ぐらい戸を閉めていても誰からも文句は言われない。

助次郎は障子戸を凝視し続けた。だが、それきり何の物音もしなかった。

(気のせいか)

安堵の息を吐いたその時、今度はホトホトと障子戸が叩かれた。

「もうし、お頼み申します」

今度ははっきりと女の声が聞こえた。助次郎は(今何時《なんどき》だろう)と思案した。

居眠りをしてしまったせいで時刻がはっきりとしない。深夜のように思えるが、もしかしたらまだ宵の口なのかも知れない。

とにもかくにも雪駄《せった》をつっかけて土間に下りた。

(俺も入江町の助次郎サマでぃ。女が怖いなんて言ってられるかよ)

自らを励ましながら障子戸を開けた。

戸外は思いのほか明るかった。夜空には大きな月が浮かび、掘割の水面でさざ波がキラキラと輝いていた。その月光を背景にして、一人の女が黒い影となって立っていたのだ。

「だ、誰でぃ」

助次郎はせいぜいドスを利かせたつもりの声音で誰何《すいか》した。女の影がわずかに揺れた。

「わけあって名乗るわけには参りませぬ。少々お訊ね申します」

「なんでぇ？　手前《てめ》ぇの名前《なめ》ぇも名乗れねぇとは胡乱《うろん》な女だ」

本当なら「こっちぃ来な」と番小屋の中に引っ張りこんで、素性など質《ただ》さねばならない場面なのだが、そんな恐ろしいことはとてもできない。

と思っていたら、女の方からゆるゆると歩み寄ってきた。

「八巻《やまき》様という同心様をご存じでしょうか」

細い声で訊ねてくる。助次郎はゴクッと唾を飲んでから答えた。

「し、知らねぇわけがあるか！　馬鹿にするんじゃねぇ。俺だって番屋を預かる身だ。町奉行所の同心様がたの名を知らねぇわけがねぇだろう」

助次郎に怒鳴りつけられても女の様子に変化はない。助次郎は恐怖を隠して続けた。

「そ、それに、八巻様はただの同心様じゃねぇぞ……。なんてったって、今評判の八巻様なんだからな」

南町の同心、八巻卯之吉《うのきち》の名前なら江戸っ子の誰もが知っている。いまや南北町奉行所きっての切れ者、そして広い江戸でも五指に数えられる剣豪——と謳《うた》われる、江戸の名物男なのだ。

女は少しずつ、少しずつ、近づいてきた。

（この女、足音がしねぇ）

助次郎は慌てて女の足元に目を向けた。だが、両足は揃っているようだ。

女が、ヌウッと両腕を突き出してきた。

「これを……」

「なんだえ」

番太郎としては不覚な話だが、そのとき初めて、女が赤ん坊を抱いていることに気づいた。女はその赤ん坊を助次郎のほうに突き出してきた。

「この赤子を――」

「な、なな、なんでぇ！　手前ぇは産女《うぶめ》だったのか！」

産女とは、難産の末に死んでしまった妊婦の幽霊――であるとされている。赤ん坊を差し出して「抱いてくれ」と頼んでくる。江戸ではわりと良く知られた怪談であった。

しかし女は小首を傾《かし》げた。

「産女？　それはどなたのことです？　あたしはそのような者ではありませぬ」

平静な口調で言い返してきた。

助次郎も、どうやら幽霊の類ではないようだぜと思い直した。赤ん坊は産着《うぶぎ》にくるまれているし、首も据わっているようだ。女も下半身血まみれではない。産女は下半身血まみれの産後の姿で、生まれたばかりの子を差し出してくるとされていた。

「な、なんだよ手前ぇ、産女も知らねぇのか。ってぇこたぁ江戸者《モン》じゃねぇな。どこから来やがった」

多少元気づいて質《ただ》したわけだが、その問いには答えずに女はさらに赤ん坊を差し出してくる。

「どうか、この赤子を八巻様に……」

「八巻様に届けろってことかい」

女は頷《うなず》いた。助次郎は重ねて質した。

「手前ぇ、八巻様とはどういう関わりなんだい。その赤ん坊は八巻様のなんなんだい」

声が震える。位負けとでも言うのだろうか、ついに助次郎は、問題の赤ん坊を手渡されてしまった。

「おっと」

助次郎も自分の子供を育てたし、孫を抱いたこともある。慌てつつも手慣れた手つきで赤ん坊を抱き取った。

助次郎は赤ん坊を見た。だが、暗くて顔だちまではわからない。性別はもちろんわからなかった。スヤスヤと良く眠っている。意外と上物の産着を着せられていやがるな――などと感じた。

女は足音もなく戸口から離れた。

「お頼みいたします……。八巻様しか、お縋《すが》りできる御方がいないのです……」

女の影が闇の中に溶けていく。

月に雲がかかって辺り一面が闇に閉ざされた。助次郎は両目を瞬《しばたた》いた。ふたたび月が顔を出した瞬間にはもう、女の姿は消えていた。

（夢でも見ていたんじゃねぇのか）と思わないでもない。しかし、助次郎の両腕にはずっしりと重みのある、生きた赤ん坊が残されていたのであった。

二

早朝、卯之吉は赤ん坊の泣き声で目を覚ました。

「ううっ、なんですね、こんな朝っぱらから」

目を擦《こす》りながら呟いたが、赤ん坊が相手では文句を言うわけにもいかない。

「いったいどちら様の赤ん坊でしょうかねぇ」

八丁堀の一帯には南北町奉行所の役人たちが住まう屋敷が並んでいるが、八巻家の近隣に赤ん坊はいないし、臨月を迎えそうな若妻も住んではいない。ならばこの泣き声はなんなのか。不思議な話があるものだ、と思っていたらドタバタと何者かが廊下を走ってきた。

（銀八《ぎんぱち》ですねぇ）

こんな粗忽《そこつ》な足音を立てる男は滅多にいない。案の定、慌ただしく襖を開けて、銀八がヒョットコに似た顔を突き出してきた。

「わ、若旦那、大変《てえへん》でございますでげすよ！」

よほど慌てているらしい。言葉の使い方が変だ。

「ううん？　なんだい」

卯之吉は布団の上で半身を起こすと、瞼を擦りながら訊き返した。

「あの赤ん坊の泣き声と、なにか関わりがある話なのかい？」

「へ、へい。そうでげす！　とにかく起きておくんなさい」

銀八は座敷に入ってきて、卯之吉の夜具を引っぱがした。

「まだ寝足りないよ」

「自身番の番太郎が来てるんでげす！　寝間着姿なんか、見せられませんでげすよ」

もう四ッ（午前十時ごろ）になろうとしている。同心がこんな時間まで寝ていたなどと知れたら、南町奉行所全体の名誉に傷がついてしまう。

寝ぼけ顔で突っ立っている卯之吉に、銀八は黄八丈《きはちじょう》の着流しと黒紋付きの羽織を着せ掛けた。

台所口に一人の老人が立っていた。その腕の中で赤ん坊が激しく泣き声を上げている。

台所の板敷きには美鈴《みすず》の姿もあった。困惑しきった顔つきで泣き叫ぶ赤ん坊を見つめていた。

卯之吉が銀八を従えて出て行くと、老人は居住まいを正した。

「これは八巻の旦那！　こんな朝っぱらから押しかけちまって申し訳が立たねぇ。立たねぇって言えば、つっ立ったままの挨拶ってのもなんなんですが、これこの通り、赤ん坊を抱いているもんですから、どうかご勘弁願います」

白髪頭の老人だが舌は威勢よく回るようだ。

「あなたはどなたですね」

卯之吉は訊ねた。

「へい」老人は白髪頭を下げた。

「手前は本所入江町の番太郎で、助次郎っていいやす」

「助次郎さんかい」

「それでその子は……、助次郎さんの子？」

「まさか！　あっしの歳でいまさら赤ん坊を作れるわけがねぇ！　あっしのナニはとっくの昔に役立たず――って、そんなことまで言わせますかい」

「あんたが勝手に言ったんじゃないか」

卯之吉は首を伸ばして、助次郎の腕の中の赤ん坊を覗《のぞ》きこんだ。

「やぁ、元気よく泣いている。顔面が真っ赤だ。赤ん坊ってのは血色が良いから赤ん坊っていうんだってねぇ。なるほどねぇ、言い得て妙だねぇ」

「そんなことを言ってる場合じゃねぇでげすよ」

銀八が窘《たしな》めた。若旦那の気性は知っている。放っておけばどこまでも脇道にそれていってしまう。

銀八は助次郎に訊ねた。

「それで、この子はどなたさんの子なんでげすかね？」

すると助次郎が、渋い顔つきになった。額に皺《しわ》を寄せて首を横に振った。

「それが……、あっしにもさっぱり呑み込めねぇ話なんで」

「へぇ？　どういうことだい」

「へい」

卯之吉は興味をそそられた顔つきで訊ねた。

「順を追って、話してごらんよ」

「へ、へい……」

助次郎は、考え考え、何度も口ごもりながら昨夜の顚末《てんまつ》を語った。

「……という次第でございまして、あっしの手元に、この赤ん坊が残されたんでさぁ」

話の途中から卯之吉の両目が爛々《らんらん》と輝き始めた。相槌を打つ姿にも熱がこもる。鼻息も荒い。

助次郎は、卯之吉を南北町奉行所きっての切れ者同心だと誤解しきっていたので、熱心に頷きながら聞き入る卯之吉の顔つきを見て、

（さすがは八巻様だ。俺にとっちゃあ、ただ不可解なだけの話だが、八巻様はなにかの糸口を摑《つか》んだようだぜ。何事か察するところがあるのに違《ちげ》ぇねぇや）

などと感心した。

その切れ者同心八巻サマが、繁々と赤ん坊を見つめながら、感に堪えない様子で呟いた。

「なるほどねぇ……」

助次郎は前のめりになって訊ねた。

「なにが『なるほど』なんですかい？　ねぇ旦那、聞かせておくんなさいよ。あの女はどういうわけがあって、赤ん坊なんかを置いていきやがったんですかね」

「それは、わからないけどね、いや、なるほど」

卯之吉の本性を知る銀八と美鈴が心配そうに見つめている。すると案の定、卯之吉が、とんでもないことを言いだした。

「なるほど、これが産女の子かい。噂では聞いていたけど、見るのはあたしも初めてだ。いやぁ驚いた」

「は？」

助次郎が口をあんぐりと開けた。

「い、いや……、旦那、産女なんてもんが本当にいるわけがねぇ。それにコイツが産女の子だったら、お天道様の下でこうして泣いてるってのもおかしな話だ」

「ご、ご冗談でげすよ！　若旦那はご冗談を仰ったんでげす！」

銀八が汗をかきながら取り繕った。

「左様ですかい。ま、とにかくこの赤ん坊は『八巻の旦那に預けてくれ』と言《こと》づかっていますんで、こうしてお届けに上がったってぇ次第なんで」

「そうかい。それじゃあ、置いていっておくれ」

仕出しの弁当でも受け取るような軽い口調で卯之吉が請け合ったので、銀八と美鈴はさらに焦った。

「若旦那！　犬猫じゃあないんでげすから、そんな軽々しく仰ってはいけませんでげすよ！」

美鈴もウンウンと頷く。

「氏素性も知れぬ子供を預かるのは、いささか剣呑《けんのん》かと」

「そうは言うけどねぇ」

卯之吉は赤ん坊と大人三人の顔を交互に見た。

「その産女みたいな女の人は、このあたしを名指ししてきたんだ。どういう事情かは知らないけれども、ここは預かるしかないだろうよ」

助次郎は「さすがは八巻の旦那だ」と言いながら問題の赤ん坊を差し出した。助次郎としても内心厄介に思っていたのだろう。（八巻様の気が変わらないうちに預けてしまいたい）という魂胆が顔に透けている。

しかし、誰も腕を伸ばして赤ん坊を受け取ろうとはしなかった。赤ん坊の扱いに馴れている者がいないのである。三人ともが恐々と赤ん坊を見守るばかりだ。

助次郎は赤ん坊を産着ごと板敷きの上に置いた。

「確かにお届けしやしたぜ。それじゃあ、あっしはこれで。御免なすって」

助次郎は尻を捲《まく》ると、老人とは思えぬ軽い足取りで去っていった。

台所に赤ん坊が残された。凄《すさ》まじい声で泣いている。それを大人たち三人が遠巻きにして見守っていた。

「さても困ったねぇ。どうしたものかねぇ」

さして困った様子でもない顔つきで卯之吉が呟いた。

銀八に目を向ける。

「お前、あやしてごらんよ」

銀八は目を剝《む》いて首を横に振った。

「あっしには、赤ん坊ノ旦那のご機嫌取りなんか、とうてい無理でげすよ！」

それなら、と、卯之吉は美鈴に目を向けた。

「美鈴様はいかがです」

美鈴は心なしか血の気の引いた顔つきだ。

「わ、わたしも子供の世話などに心得はなく……」

武芸のみに邁進《まいしん》してきた美鈴だ。世話をしなければならないような幼い弟や妹もいなかった。母とは早くに死に別れたので、女人の教えはまったく受けていなかったのだ。

「困りましたねぇ」

卯之吉は少しばかり思案した後で、「そうだ！」と手を叩いた。

「うってつけのお人がいたよ。銀八、悪いけどひとっ走りしてきておくれじゃないか」

と命じられて銀八は、赤坂新町《あかさかしんまち》へと走った。

三

「こいつぁ赤ん坊じゃねぇですかい！」

台所に入ってきて一目見るなり、三右衛門《さんえもん》が破れ鐘《やがね》のような声で叫んだ。

「そうなんだよ。うん」

卯之吉は微笑して頷き返した。

「なんだってこんな所に転がしてあるんですかい」

と言うやいなや三右衛門は、馴れた手つきで赤ん坊を抱き上げた。赤ん坊は三右衛門に抱っこされてピタリと泣き止んだ。

三右衛門は赤ん坊をあやしながら、その顔を繁々と見つめた。赤ん坊はケラケラと笑った。

「いってぇ、誰の子なんですかい」

問われて卯之吉は、二度三度と首を傾げた。

「いやぁ、それがねぇ……。銀八、親分さんに事の次第を語って聞かせてやっておくれな」

卯之吉は自分でも話が呑み込めておらず、上手に説明できる自信がなかったので銀八に任せた。銀八は目を白黒させながら喋った。

「なにがなにやらさっぱりだ」

三右衛門が首を横に振る。三右衛門にも理解ができなかったらしい。

銀八は、

「そりゃあそうでげしょう。喋ってるあっしだって、なにがなにやらわかっちゃいねぇんでげすから」

などと嘯《うそぶ》いた。

卯之吉は赤ん坊を見ながら言った。

「とにかく、この赤ん坊の面倒は見なくちゃいけない。だけどあたしたちは誰も、子育ての心得がないんだよ」

　三右衛門はジロリと美鈴に目を向けた。

「そこに、歴《れっき》とした女がいるじゃねぇですかい」

「この御方は――」

　卯之吉が言いかけた瞬間に、銀八が「うわあああっ」と叫んだ。

　卯之吉がびっくりして目を向ける。

「どうしたえ？」

「いえ、なんでもねえでげす」

　銀八は卯之吉が「美鈴は女人であって女人ではない」というようなことを口走ることがわかっていたので、慌てて遮《さえぎ》ったのだ。

「この馬鹿野郎！　赤ん坊が泣きだしちまったじゃねぇか」

「へい、面目ねぇ」

　頭を下げながら（美鈴様に泣きだされて暴れ回られるよりはマシでげす）と思った。少なくとも赤ん坊は刀を振り回したりしない。

　卯之吉は呑気《のんき》な性分なりの思案顔で言った。

「お腹を空かせているのかも知れないねぇ。でも、赤ん坊に飲ませるお乳がないからねぇ……。困ったねぇ」

「なんだ、そんなことですかい」

「おや、親分さんには良いご思案がおありですかね」

「あっしじゃなくても、誰でも思案はつきまさぁ。貰い乳をすりゃあいいんですよ」

「それはなんですね」

「子供を産んだばかりの乳の出る女に頼んで、乳を分けてもらうんでさぁ」

卯之吉は「ほう」と言ってから、不思議そうな顔つきで続けた。

「でも、そうしたら、そのお人が産んだ赤ん坊のほうはどうなりますね」

「女におっぱいは二つついてるでしょうに！」

「ははぁ……。でもそのお人が産んだのが双子だったら――」

「もういいでげすよ若旦那」

銀八は卯之吉の袖を引いた。卯之吉に喋らせておくとどこまでも話が逸れていってしまう。

「うん。そうだね。それじゃあ親分、乳を分けてくれるお人を見つけてきてくれるだろうか」

「そりゃあ、憚《はばか》りながらこの三右衛門にゃあ子分どもが大勢ついておりやす。女房に子を産ませたばかりの若い者《モン》もおりましょう。それにあっしの表稼業は口入れ屋だ。張り紙をすりゃあ乳母なんざ、何人でも集められやすぜ」

貰い乳を引き受ければ礼金が手に入る。江戸の女たちにとって乳母の仕事は良い臨時収入となるのだった。

「それじゃあ頼もうかな。お足の心配はいらないよ」

「旦那から金を受け取るわけにゃあ参《め》ぇりやせん」

「そうはいかないよ親分」

「……その親分ってのはやめてもらえねぇかと」

なんのかんのと言い交わして、結局、三右衛門が乳母を見つけてくれることになった。

卯之吉は奥の座敷に戻った。三右衛門は屋敷を出たふりをして外で待ち、知らずに出てきた銀八を捕まえた。

「やい銀八！」

「わぁ、なんですか親分、鬼瓦みてぇにおっかねぇ顔をなさって」

「誰が鬼瓦だ。──ってオイラのツラなんざどうでもいい。ちょっとばかり確かめてぇことがある」

「なんでげしょう」

三右衛門は銀八を物陰に引っ張り込むと、ドスを利かせた低い声音で質した。

「あの赤ん坊のことだがよォ」

「へい」

「ありゃあまさか、旦那のお種……ってこたぁねぇだろうな？」

「へっ？」

思ってもみない問いかけに銀八は目を丸くさせた。

「つまりその、親分は、あの赤ん坊は若旦那の隠し子だって仰りたいんで？」

「そうと決まったわけじゃねぇよ馬鹿野郎！　万が一にもそんな馬鹿なこたぁねぇだろうな、と、確かめてるんじゃねェか」

三右衛門は喧嘩ッ早い。銀八の衿《えり》を摑んでギュウギュウと絞め上げた。

「手前ぇは旦那といつも一緒だったろう。ええ、どうなんだよ？　旦那が情婦《イロ》に入れ揚げてた、なんてこたぁねぇのか！」

「ちょ、ちょっと待っておくんなさい……ゲホッ、ゲホホッ」

銀八は三右衛門の手を振りほどいて、苦しそうに首をさすった。

「もう、酷《ひど》いでげすなぁ。もうちょっとお手柔らかにお願いしますよ」

「オイラはいつでもこういう調子なんだよ！　それで、どうなんだ」

「あっしには、そんな覚えは、ねぇでげすなぁ」

「本当か？　間違いだったら承知しねぇぞ。やいこの粗忽者《そこつもの》、とっくりと考えて答えやがれ」

「そう言われましても……」

若旦那は遊蕩《ゆうとう》好きだが何事につけ淡白だ。いまさら色事などに溺れたりはしない。吉原でもっとも位の高い花魁《おいらん》の菊野太夫《きくのたゆう》を贔屓《ひいき》にしているのだが、菊野との遊びさえ恬淡《てんたん》としたものだった。

「覚えがないんだな」

「ねぇでげす」

「よし、それならいい」

三右衛門は背筋を伸ばし、衿をキュッと整えた。

「旦那に限って、そんな不埒《ふらち》な真似をなさるはずがねぇんだ」

フンッと大きく鼻息を吹いた。

「だけど親分」

ところが今度は銀八のほうが不安になってきた。

「だとしたらどうして、旦那はあの赤ん坊を預かったんでしょうね？」

「ああ？」

「心当たりがないのなら、そんな赤ん坊のことなど知らんと言って、追い返せばいいじゃねぇでげすか」

江戸では捨て子や迷子、二親と死に別れた子供は珍しくない。不幸な子供たちは、関わりができた町内の者たちが育てる。町年寄が親代わりとなって世話をして、一人前になるまで皆で面倒を見るのだ。

卯之吉が「知らぬ」と答えればその赤ん坊は入江町で引き取ることになるわけだから、なんの心配もいらない。かえって八巻家で預かる方が心配だという話であった。

三右衛門が突然に激昂《げっこう》した。

「やい銀八！　手前ぇはなにか？　旦那に疚《やま》しいところがあったとでも言いてぇのか！　あの旦那が、女を囲って隠し子を産ませるような、そんな不埒な野郎だと思っていやがるのか！」

またもギュウギュウと首を絞め上げられた。

「ちょ、ちょっと親分！　そう言い出したのは親分の方……ゲホホッ」

三右衛門は銀八を思い切り突き放した。

「とにかくオイラは貰い乳の手配りをしなくちゃならねぇ！　話はその後だ」

短い足をせわしなく動かして走り去っていく。尻餅をついた銀八は呆然《ぼうぜん》とその背中を見送った。

四

半刻（約一時間）の後、卯之吉が南町奉行所に出仕すると、入れ違いになるようにして尾上伸平《おがみしんぺい》と玉木弥之助《たまきやのすけ》が飛び出してきた。

「おや尾上さん、玉木さん、おはようございます」

卯之吉が悠長に頭を下げる。若旦那育ちの卯之吉は気働きができない。奉行所の出入り口となる狭い耳門《じもん》を塞ぐ格好で低頭した。折り目正しい挨拶だが、尾上たちは、行き場を失くして右往左往した。

奉行所の正門は門扉を大きく開け放っているけれども、そこを通ることができるのは町奉行と訴えにきた町人だけだ。与力や同心は脇の耳門をくぐらねばならない。卯之吉に立ち塞がれてしまっては、尾上たちは外に出られない。

玉木が先輩同心風を吹かせて怒鳴った。

「やいッ、挨拶なんざどうでもいい！　そこを退《ど》けッ」

「おや、血相をお変えなさって。さては何事か出来《しゅったい》しましたかね」

「おう、殺しだ。清水町《しみずちょう》の掘割に仏が揚がったんだ」

「はぁ、それでご出役ですか。いつもながらのお骨折り、恐れ入った次第にございます」

もう一度深々と低頭してから卯之吉は、不思議そうに首を傾げて玉木を見つめた。

「それならば、すぐに駆けつければ良いのに、なにをグズグズなさっておいでですかね？」

玉木を押し退《の》けて尾上は、怒髪天を衝く勢いで激昂した。

「お前がそこにいるから出て行けねぇんじゃねぇか！」

「ああ、そうでしたか」

卯之吉は初めて気づいた顔つきで道を空けた。

「お早いお帰りィ」

商家の丁稚《でっち》のような挨拶をして見送る。尾上と玉木は手下の岡っ引き連を引き連れて、けたたましく走り出て行った。

卯之吉は銀八に顔を向けた。

「清水町だってさ」

「へい」

「清水町っていったら、本所にある清水町のことだよねぇ」

「へい。横川ってぇ掘割が流れていやす」

「昨夜《ゆうべ》、例の産女が赤ん坊を預けていったのは、入江町だったね」

「へい。近いでげすな。入江町にも横川が通っていたはずでげすよ」

卯之吉は何事か思案している顔つきだ。銀八は訊ねた。

「何をお考えでげすか」

「うん。ほら、産女はさ、たまたま通りかかった男に、赤ん坊を預けるっていうじゃないか」

「そういう話でげすな」

「その赤ん坊は、抱いているうちにだんだんと目方が重くなる。その重さに耐え抜くことができた男は、怪力を得るとも言うね」

「横綱の称号をもらったような名大関は、実はみんな産女に逢っているんだ、なーんて噂をなさるお人もいるでげすよ」

「一方で産女は、赤ん坊に抱きつかれて、その重さで逃げることも叶《かな》わぬ男を海や川に引きずり込むともいうよね」

「おっかねぇ話でげすな。……って、まさか旦那は、清水町の仏さんが昨夜の女と関わりがあるとでも？」

「関わりがあるかも知れないよ。どれ、尾上さんたちの後を追うとしようかね」

卯之吉は耳門をくぐって外に出た。だが、普通の同心のように尻端折《しりはしょ》りをして走りだしたりはしない。まるで物見遊山《ゆさん》のような足取りで、ゆったりと本所清水町に向かったのであった。


清水町の掘割に土留めの杭が打ち込まれている。大雨で崩れてしまったようで、その場所の土手だけが大きくえぐれていた。

その杭の一本に男の死体が引っかかっていたという。見つけたのは船頭だ。陸からは死角となった場所に、その死体がうつ伏せになって浮かんでいたらしい。

卯之吉がようやく到着した時には、もう死体は引き上げられていて、道端に置かれた戸板の上に寝かされていた。暦のうえではもう秋だが、まだまだ残暑は厳しい。血の気を失くして蠟燭《ろうそく》のように白くなった死体は腐乱臭を放ち始めていた。

近くの番屋から出張ってきた者たちが鼻を懐紙で覆っている。野次馬の江戸っ子たちも一目見るなり怖気《おぞけ》をふるっている。南町奉行所から駆けつけてきた尾上たちも、死体を遠巻きにしているばかりだ。

そんな中に卯之吉が乗り込んできた。

「あい、御免なさいよ」

恐れる様子もなく死体に歩み寄っていく。

「ほう、これはこれは」などと興趣をそそられた様子で死体の横に屈みこんだ。

銀八は怖がって近づこうともしない。

「どれどれ、ちょっと拝見」

着物を検《あらた》め、それから帯を解いて衿を開く。見るも無残な死体であった。野次馬たちが悲鳴をあげた。皆で顔を背《そむ》けている中、卯之吉だけが繁々と死体を観察し続けた。

そのうえ何を思ったのか、死体の上に馬乗りになって胸を押した。

驚くべきことに、死体が「グエーッ」と悲鳴を上げた。集まっていた全員が驚《きょう》愕《がく》して飛び上がった。

卯之吉は悠然と立ち上がると、尾上に向かって心底楽しそうな笑顔を向けた。

「わたしはもういいですよ。尾上さんはもっとお調べになりますかね」

尾上は首を横に振って「運び出せ」と番屋の者に命じた。死体は戸板ごと大八車にのせられて、墓地へと運ばれていった。しばらく墓地の小屋に寝かされたあとで、引き取り手が現われなければ無縁仏として埋葬される。

尾上と玉木が卯之吉に歩み寄ってきた。

「何か判ったのか」

最近の尾上は卯之吉の微妙な才覚に一目置いているらしい。探るような目つきで訊ねてきた。

「あい。あの仏様は刃物で刺されて亡くなったのでしょうね。死体にはいくつか傷がありましたよ」

するとすかさず玉木が横から難癖をつけてきた。

「おいおい、掘割の上流から流れてきた死体だぞ？　川底の石や石垣にぶつかってできた傷かも知れないだろうよ。水を吸ってふやけた肌は傷がつきやすいんだ」

　怖くて死体を検めもしなかったくせに、そんなことを言い出した。

「玉木さんはあの仏様が、掘割に落っこちて溺れ死んだとでも？」

「そうじゃないとは言えないだろうって言ってんだ」

「いいえ、あの仏様は、お亡くなりになってから堀に投げ込まれたんですよ。だって、胸を押したら肺の空気が出てきましたもの」

　死体の喉がグエーッと鳴ったのは、肺に溜まった空気が排出された音だったのだ。

「溺れて死んだのなら、肺の中には水が溜まっているはずですよ」

　玉木はなおも言い募《つの》ろうとしたが、何も言い返すことができなかったと見えて、ムッと唇を閉ざした。色白の頬が怒りで赤く染まっている。

　変わって尾上が質した。

「死んでから水に嵌《は》まったのはわかったが、しかし、刃物で刺されたとどうしてわかる？　水死体は川を流れてくる間に、あちこちの皮膚が裂けちまうのは確かだぜ」

「着物にまで裂け目がありましたよ」

「ええ。着物の裂け目は鋭い刃物で切られたときにできたのでしょうよ。岩に引っかかって破れた裂け目と、刃物による裂け目とは違いますよ」

「着物の上からブッスリか」

「もう一度着物を着せてみれば、着物の裂け目と皮膚の傷が重なるはずです」

「ようし、でかしたぜハチマキ！　村田《むらた》さんに伝えてくる！」

卯之吉の見立てを自分のものとして言上しようという魂胆のようだ。

もっとも卯之吉は、上司からのお褒めの言葉やご褒美など、欲しいとも思わない。大手柄を立てた際に奉行からもらえる報奨金だって、せいぜいが一両だ。卯之吉が豪遊したら、支払いは一両ではまったく足りない。

尾上たちは町奉行所へ引き上げていった。

「さてと」

一人残された卯之吉は、死体が引っかかっていたという杭の近くまで歩を進めて、堤の上から覗きこんだ。

「あのう、旦那……」

そこへ、恐る恐る、一人の老人が歩み寄ってきた。卯之吉は目を向けた。

「本当か！」

「おや。あなたはどなたですね」

「へい、船頭の錠吉《じようきち》と申しやす。あの死体をめっけたモンなんですが……」

「ああそうかい。嫌なものを見つけちまったねぇ」

「いやぁ、あんなのは慣れっこでさぁね。あっしはこの稼業を始めてから四十と二年になりやす。お目にかかった土左衛門《どざえもん》は十本の指じゃ数えきれねぇ。足の指を使ってもまだまだ足りねぇって話でさぁ」

妙な古参自慢が始まった。

「それで、なんだい？」

「へい、あっしはもう、帰《け》ぇって良いのか、と……」

「ああ」

卯之吉はちょっと考えてから、錠吉に訊ねた。

「あの死体は、いつからここにあったのかねぇ」

「さぁて……。ごらんの通り、そこの杭は、旦那が立っていなさる堤の上からではちょっとばかり見づらいですぜ。堤を歩いた連中は死体が引っかかってることに気づきやしなかったでしょうからねぇ」

卯之吉は堤の上から下を覗いて確かめた。

「そのようだね」

それから少しばかり思案してから訊ねた。

「あの仏さんは上手から流れてきて、ここの杭に引っかかったんだろうね」

「へい。そうでしょうな」

「昨夜の引き潮は、何時ごろだったかねぇ」

船頭はきっぱりと断言した。

「九ッ半（午前一時）でさぁ」

助次郎という番太郎は、掘割の水の引く音で目を覚ましたと言っていた。

「その水の流れに乗って、あの仏さんがここまで運ばれてきたってわけか……」

産女のような女の出現と死体の川流れの時刻が一致している。これは偶然なのだろうか。

卯之吉は船頭の錠吉に顔を向けた。

「船頭さん、あんた、産女を知っていなさるかね」

「へっ……？」

突然に何を問われたのか理解できずに、錠吉は視線を彷徨《さまよ》わせた。

「う、産女ですかい？　へい、噂ぐらいは耳にしておりやすが」

「産女が人を殺す時ってのは、どんな技を使うんだろう？　刃物で刺したりするものなのかね？」

錠吉はますます困惑した。

錠吉を帰したあと、卯之吉は横川に沿って上流へと歩いた。

ふと、生臭い臭いが鼻をついた。

「銀八、わかるかい？」

「へい、嫌な臭いがするでげすよ」

掘割の岸辺が草むらになっている。異臭は草むらから立ちのぼっているようだ。

卯之吉は首を伸ばして周囲の景色に目を向けた。

「人家も乏しい、寂しい場所だよ」

微禄の御家人の屋敷や貧乏長屋がいくつか建っているだけだ。夜には人気も絶えることだろう。

「殺しをするならうってつけの場所だ」

卯之吉は夏草をかき分けながら草むらの中に入った。銀八が後に続く。

「ふぅん。踏み荒らされた跡があるね。ここでなにやら争いごとがあったみたいだよ」

「さいでげすな」

粗忽者の銀八は気のない返事をしながら片足を踏み出した。途端に深いぬかるみにズボッと嵌《は》まった。銀八は情けない悲鳴を張り上げた。

「まったくしょうがないねぇ」

卯之吉は銀八の腕を取って引っ張りあげた。

「掘割の岸だもの、足元は深い泥になっているのに決まってるじゃないか。気をつけて歩かないといけないよ」

「へい、面目ねぇ。……うわっ、なんでげすか、この泥は。気色の悪い色をしているでげす」

「へぇ、どれどれ」

顔を寄せてきた卯之吉が一目見るなり、

「お前ね、これは血だよ」

と、顔色も変えずに言った。

銀八は腰を抜かさんばかりに驚いた。

自分の片足をグイと上げて鼻先に近づける。臭いを嗅《か》いで「げえっ」と大声を張り上げた。

「血でげす！　血の臭いがするでげす！」

卯之吉は呆《あき》れ顔で言った。

「洗っておいでよ」

銀八は掘割の方に走っていく。卯之吉はその場に屈みこんで、銀八が突っ込んだ泥の穴を繁々と見つめた。

「どうやら、あの仏様はここで殺されたのに間違いないようだねぇ。ここで息の根を止められてから、掘割に投げ込まれたんだね」

そこまでわかったところで、さて、これからどうするのか。卯之吉は思案した。

「泥を浚《さら》って、何か落ちていないかを確かめて、それから、昨夜、怪しい物音を聞かなかったか、怪しいお人たちのお姿を見かけなかったか、近くに住んでる人たちに聞いて回らなくちゃならないわけですねぇ」

考えるだに面倒臭い。気が遠くなりそうだ。

「そんな仕事は銀八に任せればいいですね」

呑気な顔つきで立ち上がると、大きな欠伸《あくび》をひとつした。

「おっ、ありゃあ南町の八巻様じゃねぇか」

「本当だ、八巻様だ。八巻様のお取り調べだ」

夜には人気が絶える場所だとはいっても、ここも江戸の一部だ。御家人屋敷や長屋なども建っているわけで、昼間には当然、人通りも多い。

通りかかった江戸っ子たちが黒巻羽織姿に目を止めて、それが評判の八巻だと気づいて色めきたった。

南町の八巻は三座の役者よりも美しい優男《やさおとこ》。こんな同心は二人といない。遠目でもすぐにそれとわかる。

「えっ、南町の八巻様だって！」

「八巻様が来てるのかい！」

騒ぎは近在の貧乏長屋じゅうに伝わって、女たちが前掛け姿で駆けつけてきた。掘割端を思案顔をして歩き回る同心の姿をウットリとみつめた。

「ああ、本当にお姿の良い同心様だねぇ……」

「本当に噂通りの色男だよ」

「話半分って言うけれど、八巻様に限っては、聞いた話の二倍も三倍もお美しいねぇ……」

樽のように肥えた女房や、皺だらけの老婆まで生娘のように目を潤ませている。

同心八巻の登場で、突然に黒山の人だかりができてしまったわけだが、卯之吉本人はそんなことには我れ関せずという顔つきだ。その澄ましかえった風情がますますニクイ。

しかし卯之吉は本当に、自分が注目の的になっていることに気づいていないのだから仕方がない。

その人だかりの中に一人だけ、険しい顔つきで眼を光らせている男がいた。見るからに狂暴そうな面相である。

（あれが、八巻だと……）

痩せていて背が高い。女房衆の後ろに立っても頭一つが飛び出している。

（あんな、末生《うらな》りの青瓢箪《あおびょうたん》みてぇな小僧が八巻……）

末生りとは蔓《つる》の先のほうに成る作物のことで、生育が悪く、やせ細っている。その男の目には八巻の姿は、末生りの瓢箪のように頼りなく見えたのだ。

（あいつが江戸で評判の、切れ者同心だっていうのかい）

到底信じられないのだが、しかし、周りにいる江戸者たちは、皆、口を揃えて八巻だといい、口々に褒めそやしている。

「辻斬り狩りの人斬り同心」だの、「たいした剣の腕前だっていうじゃねぇか」などと囁《ささや》く声が聞こえてきたのだ。

どうやら疑う余地はなさそうである。男は険しく顔をしかめると、静かにその場から立ち去った。

男は通りを北へ向かった。笠を深く被って悪相を隠している。屋号の入った印《しるし》半纏《ばんてん》を着ているので、遠目には、お店者のように見えていた。

霊山寺《れいざんじ》という大きな寺の北に小梅村《こうめむら》が広がっている。小梅村と言っても広い。この辺りは業平橋《なりひらばし》の南で、北割下水に面しているが、北十間川の北方、三囲《みめぐり》稲荷《いなり》のあたりまでがずっと小梅村であった。

かつてこの一帯は下総国に属していて、小梅村は下総国の農村だったのだが、今では江戸町奉行所の支配地になっている。

男は茅葺《かやぶ》き屋根の屋敷に足を向けた。台所口から中に入る。

「お帰《け》ぇり、文次《ぶんじ》兄ィ」

竈《へっつい》周りの掃除をしていた若い男が挨拶を寄越してきた。悪相の男——人呼んで蝮《まむし》ノ文次は、笠を取りながら鋭い眼差しを向けた。

「六太郎《ろくたろう》兄ィはいなさるか」

若い男は掃除の手を止めて頷いた。

「奥の座敷にいなさるよ」

蝮ノ文次は雪駄を脱ぐと框《かまち》から上がった。奥の座敷へと真っ直ぐに向かう。

「六太郎兄ィ」

障子が開けられていたので覗きこみながら声をかけた。

座敷の中では一人の男が、だらしない姿で胡座《あぐら》をかいていた。歳の頃は三十半ば。顔全体が脂ぎっている。それでいて妙に皮膚が青黒い。見るからに陰気で、酷薄そうな男である。目と口の間が長い、面長の顔だちだ。手にした団扇《うちわ》ではだけた胸元を煽《あお》ぎながら文次に目を向けてきた。

「どうした。そんな憎々しいツラぁしやがって」

まぁ、入りな、と六太郎が促すと、文次はズカッと踏み込むなり挨拶もなしに切りだした。

「八巻の野郎に、富蔵《とみぞう》殺しの一件を嗅ぎつけられやしたぜ！」

六太郎の団扇がハタと止まった。

「なんだと。やい蝮ノ。手前ぇ、今、なんて言った」

蝮ノ文次は小走りに寄ってきて、六太郎のすぐ近くに腰を下ろした。顔をしかめながら、早口の小声で囁いた。

「昨夜、富蔵を殺《や》った堀端に、八巻が出張って来やがったんでさぁ！」

「な、なんだと」

六太郎の面長の顔がさらに長く伸びた。口がアングリと開かれている。

「だ、だけどよ、蝮ノ、どうしてそいつが八巻だってわかったんだい」

「集まってきた江戸者どもが口々に、八巻だ八巻だって言ってやがったんだ。噂通りの優男で、江戸者たちも、あれが人斬り同心だ、なんて言っていやしたから、間違いねぇですぜ！」

「ちっくしょう！」

六太郎の額にジットリと汗が滲《にじ》みはじめた。六太郎は視線を泳がせて、忙《せわ》しなく何度も胡座をかきなおした。

文次は六太郎に詰め寄った。

「天満屋《てんまや》の元締が言いなすってたとおりですぜ！　八巻って野郎、只者《ただもん》じゃあねぇッ」

「お、落ち着け」

六太郎は、自分自身を落ち着かせようという顔つきで続けた。

「おそらくは、富蔵の死体がどこかに揚がったんだ。だから江戸の役人どもめ、掘割に沿って見回っていたのに違ぇねぇ。なんの手掛かりも摑んじゃいねぇはずだ。俺たちがやったとバレる心配はねぇ。この隠れ家まで辿《たど》ってこれるわけがねぇんだ」

「だけど兄ィ、八巻の野郎は〝千里眼〟なんて言われるほどの目利きですぜ」

「馬鹿野郎ッ」

六太郎は激昂した。

「あっちが千里眼だって言うのなら、こっちは神流川《かんながわ》の神竜《じんりゅう》一家だ！　江戸の同心なんぞに後れをとってたまるもんかよ！」

「へ、へい」

「やい文次、手前ぇ、八巻を見て震えが来ちまったって言うんなら、上州《じょうしゅう》に逃げ帰ったっていいんだぜ？」

「いや、それは……」

「せっかく江戸に出てきて、これから一旗揚げようってところじゃねぇか。どうしたって八巻とは白黒つけなくちゃならねぇんだ。八巻がツラぁ出したぐれぇでいちいち震えあがったりするもんじゃねぇぜ」

「へい……もっともだ」

蝮ノ文次は低頭しながら六太郎の前から下がっていった。六太郎は一人、座敷に残された。

六太郎は莨盆を引き寄せた。煙管に莨を詰めようとしたのだが上手くいかない。指が小刻みに震えている。

「ちっくしょう！」

六太郎は羅宇《ラウ》をポッキリとへし折った。

「何もかもが上手くいかねえ！」

お兼《かね》に裏切られてからというもの、目算が外れてばかりいる。

「お兼め！」

とにもかくにも、お兼と赤ん坊を見つけ出さなければならない。赤ん坊を取り戻し、隠し金を手に入れるのだ。

六太郎は奥歯をギリギリと噛み鳴らした。

第二章　蝮《まむし》と赤ん坊

一

赤ん坊が二人、声を競わせて泣いている。想像を絶する凄《すさ》まじさだ。

「いやぁ、これには参ったねぇ」

卯之吉が口元に笑みを浮かべながら言った。

銀八は大仰な仕種で耳を押さえている。

「まったくでげす。赤ん坊の夜泣きってのが、こんなにも凄まじいとは思ってもみなかったでげすよ」

卯之吉は「ハハハ」と笑った。

「まぁ、泣くだけの元気があれば大丈夫。元気に育ってくれるだろうさ」

ドスドスと重い足音を響かせながら女が廊下を走ってくる。台所からお仲《なか》が走り出てきたのだ。歳は三十だというが実に良く肥えている。卯之吉の二倍ぐらいは目方がありそうだ。

お仲は三右衛門が雇った乳母である。貰い乳のため、八巻屋敷で住み込み奉公をすることになったのだ。

それは有り難い話なのだが、しかし、乳が出る女だということは赤ん坊を産んだばかりということになる。お仲は自分の子を背負ってやって来た。かくして赤ん坊が二人に増えた八巻屋敷に、凄まじい泣き声が響きわたっているのである。

「昼も夜もお構いなしでげすからねぇ」

銀八が心底疲れ果てた様子で頭《こうべ》を垂れた。

「ほんとだねぇ。昼も夜ものべつ幕なしだ」

「まるで若旦那の放蕩《ほうとう》――いえ、なんでもございやせん」

「ハハハ。さぞ、世話が焼けることだろう」

などと言っているうちに、少しばかり静かになった。

今度は美鈴がフラフラと頼りない足取りでやって来た。まるで幽霊のように生気がない。柱を背にしてへたり込んだ。

「……赤子の世話というものが、まさか、これほどの難事だとは思いもしませんでした」

卯之吉は微笑みながら訊ねた。

「武芸のようにはいきませんかね」

美鈴はガックリと頷《うなず》く。

「女をやっていることに自信がなくなって参りました……」

「なにを仰いますやら」

「わたしは弱い！　それに比べてお仲殿の勁《つよ》さ、逞《たくま》しさときたら！」

などと言っているうちに問題のお仲が両腕に子を抱きながらやって来た。

「おや、まるでお通夜のようだべ」

座敷の中の三人の顔を見回して、憚《はばか》りのない皮肉を言う。

卯之吉は苦笑いを返した。

「あたしたちには、何をどうしたら良いのかさっぱりわかりませんからねぇ。みんな、気疲れしてしまったのですよ」

「オラだって十四で初めて子を産んだ時にゃあ、なにがなんだかわからなくって、右往左往するばかりだったべな」

豪快に笑う。

「子供なんてもんは、転がしといたって育つもんは育つ。大事に大事に育てたって、死ぬ時ゃあ死ぬべよ。なるようにしかならねぇンだから、根をつめるこたぁねぇんだ」

「こりゃあたいした豪傑でげす」と銀八が囁《ささや》いた。

お仲は続ける。

「母親や周りの大人たちが参っちまうのが、赤ん坊には一番よくねぇ。どっしり構えているのがええだよ」

そう言うと、大股の足取りで座敷から出ていった。

「なるほど、お仲さんには一軍の将の風格がおありですねぇ」

卯之吉は感心しきりで、何度も何度も頷いたのだった。

二

翌朝、卯之吉が屋敷を出ようとしていた時である。道の向こうからジャラジャラと銭の音が聞こえてきた。銭の音だとすぐにわかったのは、卯之吉が商家の生まれだからだ。三国屋《みくにや》の帳場では銭金が毎日唸《うな》りをあげていた。

（なんだろうねぇ、まるでお賽銭箱《さいせんばこ》が走ってくるみたいなこの音は）

不思議そうに目を向けると、同心玉木弥之助の下で働く岡っ引き、人呼んで烏《からす》金《がね》ノ小平次《こへいじ》が現われた。

「ああ、烏金の親分さんか」

卯之吉は腑に落ちた顔つきでニッコリと微笑んだ。

小平次は腰帯からいくつもの銭緡《ぜにさし》をぶら下げている。賽銭のような音は銭緡がたてていたのだ。

烏金とは百文単位の高利貸しのことである。

朝、明け烏がカァと鳴く時刻に百文（銭緡一つ）を貸す。夕方、暮れ烏がカァと鳴く時刻に十文の利息とともに回収する。その日暮らしの棒手振《ぼてふ》りたちが相手の金貸しだ。小平次がいつも腰から下げている銭緡は、棒手振りたちにいつでも貸せるようにと持ち歩いているものだった。

金貸しなどという稼業は冷酷な小悪党にしか務まらない。小平次も強面《こわもて》の、いかにも癖のありそうな中年男だ。だが卯之吉の姿を認めると、ガラにも似合わぬ愛想笑いを浮かべながら走り寄ってきた。

腰を屈めて低頭する。

「八巻の旦那、お早うごぜぇやす」

卯之吉は不思議そうな顔つきで小平次を見つめた。

「こんな朝からどうしなすったね親分さん。烏金なら間に合ってますよ」

小平次は頭をツルリと撫でた。

「こいつぁきついお叱りだ」

小平次は鼻の利く古参の岡っ引きだが、卯之吉の正体が商家の若旦那だとは気づいていない。同心から「親分さん」などと呼ばれてしまい、悪徳烏金稼業を皮肉られたのだと思い込んだ。

「阿漕《あこぎ》な取り立てはしてねぇつもりでいやすがね」

「ふーん。それで、なんですね。あたしに何か御用でも？」

「へい、その御用の筋の話でございまさぁ。旦那が昨日お見つけなすった、例の殺しの現場を当たってみやしたがね、あの日の夜、あの近辺で怪しい物音を聞いたってヤツは一人も出てきやせんでしたぜ」

「へぇ、近くの長屋の人たちを当たってくれたのかい」

小平次は、少し得意気な笑みを浮かべて頷いた。

「御家人屋敷の小者や下女にも聞き込んでみやした。殺しがあったってンなら、怒鳴り声や悲鳴ぐらいはしたはずだ。そう考えたんでやすが、そんな物音を聞いたってヤツが一人も出てこないんでさぁ」

「するとあたしの見込み違いかな？　あの仏様が殺されたのはあの場所じゃないってことかもしれないね」

「いや、そうじゃねぇんで」

小平次は慌てて両手を振った。

「旦那のお見立てにケチをつけようってんじゃねぇんでさぁ。あっしも仏が殺《や》られたのは、あの川岸だと睨《にら》んでいやすぜ」

「そうかね」

「だけど、『見た』『聞いた』ってヤツが一人も出てこねぇ。それで困っちまってるんでさぁ」

「ふぅん。でも、長屋の町人さんたちも、お武家屋敷の奉公人さんたちも、みんな早寝だからねぇ」

「だからって殺しに気づかねぇで寝入ってるってのは妙ですぜ。旦那が見つけた草むらは、ずいぶんと踏み荒らされていやした。殺られちまったほうも、激しく抗《あらが》ったのに違ぇねぇんで」

「なら、どうして誰も目を覚まさなかったのかねぇ」

「旦那……」

小平次が鋭い眼光で、卯之吉の目を覗《のぞ》きこんできた。

「こうは考えられやせんかね？　殺ったほうも、殺られたほうも、気配を忍ばせて戦っていた……と」

「どういうことですね」

「つまりはどっちにも、人目を憚らなくちゃならねぇワケがあった。殺された方も、お上に憚りのある悪党だった――ってぇことなんじゃねぇのかと」

「そうお考えなのかね」

「へい」

卯之吉は（そんな話をどうしてこの親分さんは、あたしなんかのところに持ち込んでくるのかねぇ）と、心の底から不思議に思った。

「そんな話は、町奉行所の同心様にでもすればいいじゃないか」

「えっ……？」

小平次が目を丸くする。銀八は慌てて小平次の袖を引いた。

「つ、つまりでげすな、ウチの若旦那は、烏金ノ親分は玉木の旦那に相談するべきじゃないか、と、こう仰りたいわけでげす」

小平次は少しばかり悲しげな目つきになった。

「仰る通りだ。だけど、八巻の旦那にゃあ、借りがございやすからね」

自分と玉木の失態によって牢屋敷に火を放たれてしまった。切放《きりはなち》で逃れたお峰《みね》はいまだに捕縛されていない。小平次はその件を気に病んでいたのだった。

ところが、深刻に悩む小平次とは裏腹に、卯之吉はそんな事件のことなどすっかりと忘れていた。

「小平次親分」

「へい」

「親分は長いこと岡っ引きをやっているみたいだけど、産女《うぶめ》に殺されたお人の亡《なき》骸《がら》ってのを、見たことがおありかね？」

「へっ？」

唐突に怪談話などを振られて小平次はますます混乱した。（この旦那は何を言ってるんだ）と確かめる目つきで銀八をチラリと見た。

銀八は（ダメだこりゃ）という顔つきになると、開いた扇子で自分の顔を覆った。

「若旦那、どこへ行くんでげす？」

　悠然と通りを歩む卯之吉の背中に向かって銀八が訊ねた。

「昨日の仏様を拝みにいくのさ」

　卯之吉がちょっと振り返って答えた。

　銀八は震え上がった。

「なんででげすか。悪いご趣向でげすよ」

　卯之吉は肩を揺すって笑った。

「だってお前、あのお人は産女に殺されたのかもしれないってぇお人だよ。そんなお骸《ろく》は滅多に見られやしないじゃないか」

「そうかもしれねぇでげすが、だからってわざわざ見物に行こうって考えるお人は若旦那の他にはいねぇでげすよ！」

　卯之吉は委細構わずに歩いていく。旦那が赴く所へならどこへでもついていくのが幇間《ほうかん》だ。銀八は仕方なく後に続いた。

　死体が浮かんでいた清水町の番屋で訊ねると、まだ誰も死体を引き取りに来てはいないという。卯之吉は墓地へと足を向けた。

「江戸もここまで来ると、ずいぶんと鄙《ひな》びているねぇ」

「へい。一面の野原と田畑でげすな」

「あれ、あそこに女の人が立っている」

「へっ、どこでげすか」

「いや、見えなくなったよ」

卯之吉は気にする様子もなく、歩き続けた。

問題の死体は清水町近くの墓地に置かれていた。大番屋から出向いた番太郎たちが三人、見張り番をしているのだが、あまり近づきたくもなさそうな様子で墓地の入り口に座り込み、莨《たばこ》を吹かしながら馬鹿話などをしていた。

「ご苦労さまだね」

卯之吉が悠然と歩み寄っていくと、番太郎たちは慌てて立ち上がり、緊張しきった顔つきで低頭した。

「こっ、こりゃあ、八巻の旦那……！」

顔色が真っ青になっている。怠けていたところを同心に見咎《みとが》められてしまった。それだけでも困った話なのに、見咎めた相手は噂の八巻だ。八巻の異名――人斬り同心――を思い出して、番太郎たちは一斉に震え上がった。目にもとまらぬ居合斬りでスッパリと手討ちにされてはたまらない。

ところが、実際の卯之吉はこの番太郎たちの何十倍も自堕落な怠け者だ。怠けている相手を見てもなんとも思わず、笑顔で歩み寄った。

「ご苦労さまだね。例の仏様を見せてもらいにきたよ」

「へっ、へいっ！」

番太郎の親方らしい中年男が挨拶を寄越す。

「あっしは留六《とめろく》と申しやす。こいつは馬次郎《うまじろう》」

名前の通りに面長の、二十二、三の番太郎を指差した。

「それから見習いの三吉《さんきち》」

まだ十代の小僧を紹介した。

「あいよ。みんなご苦労だね」

親方の留六は墓地に建てられた小屋に顔を向けた。

「死体はあそこに寝かしてありやす」

「家族や見知り人は、まだ誰も名乗り出て来ないんだってね」

「へい。あっしも、清水町の番太郎になって長《なげ》ぇですが、あの男のツラを、もちろん野郎が生きていた時の話ですが、町内で拝んだ覚えはねぇです」

「殺された場所は横川の上手のほうだよ」

「へい。あっちの番屋にも人相書きを回しておきやした。しかし、知った顔だと名乗り出たモンはいねぇようですぜ」

「流れ者かねぇ？」

「隅田川のこっちは新開地ですからね。諸国の食い詰め者が入りこみやすい土地柄なんで。……おっと、無宿人は見つけ次第、番屋にしょっ引いておりやすから、ご心配《しんぺ》ぇなく」

「うん。それじゃあ、仏様を拝ませてもらうよ」

同心八巻は太鼓持ちのような物腰の小者を引き連れて、墓地の中の小屋に歩んでいく。見送る番太郎たちは、まさか産女に殺された死体を見物に来たとは思わない。

「八巻の旦那のことだ。ほかの同心様が見落とした手掛かりに気づいたのに違《ちげ》ぇねぇぜ」などと小声で囁きあった。

と、そこへ、天秤棒《てんびんぼう》に大きな笊《ざる》をぶら下げた男が歩み寄ってきた。白い手拭いで頬っ被りをした、どんぐり眼《まなこ》の男だ。

親方の留六が鋭い眼差しを向けた。

「なんだ、付け木売りか」

付け木は硫黄《いおう》を塗った木片で、火打ち石の火花を移して着火させる。笊の中には鉋《かんな》くずも入っている。こちらは竈《へっつい》の焚《た》きつけとして売り歩いているのだ。

付け木売りは「へい」と答えて低頭した。親方はうさん臭そうに付け木売りを見た。

「こんな所に付け木を売りに来る馬鹿がどこにいる。長屋に行け」

面と向かって馬鹿呼ばわりされても腹を立てる様子もなく、どんぐり眼の男は笑顔で低頭した。

「商売をしに来たんじゃねぇんで。ちょっとお聞きしてぇんですが、今、墓場に入って行かれたのは、もしや、八巻様じゃあござんせんかね」

親方は顎を引いた。

「そうだ。あの御方が南町の八巻様よ」

「へえっ」

付け木売りは小さな眼を精一杯に見開いた。

「やっぱり、あの御方が……こいつぁびっくりだ」

見るからに田舎者の風情で、言葉には訛《なま》りがある。江戸に出てきたばかりなのだろうと親方は判断した。

「八巻様は御用で足をお運びになったのだ。両国の見世物ではない！　ご詮議の邪魔をしてはならん。早々に立ち去れ」

物々しい武家言葉を真似て叱りつける。付け木売りは「へい」と答えて頭を下げた。

「それじゃあ、御免なすって」

素直に引き下がるところが、純朴な田舎者らしい。

付け木売りは、「付け木ぃ～」と、間の抜けた声を張り上げながら、道の向こうへと姿を消した。

番太郎たちの目が届かなくなるのを見計らい、付け木売りは一転、早足となって道を急いだ。

と、その前に痩せた長身の男が立ちはだかった。

「新八《しんぱち》！」

「文次兄ィ」

長身の男は蝮ノ文次であった。どんぐり眼の付け木売り、新八を物陰に引っぱり込んだ。

番太郎たちの前では人の好《よ》さそうな笑みを絶やさなかった新八が、悪人そのものの形相となり、どんぐり眼を険しくしかめた。

「やっぱり八巻だ。八巻が富蔵の死体を検《あらた》めに来やがった！」

「ちっくしょう」

文次もますます凶悪な面相になる。

新八は冷や汗を滲《にじ》ませながら続けた。

「八巻の野郎め、まったくてぇした貫禄だったぜ。古株の番太郎が小僧ッ子みてぇに震え上がってた。やっぱり噂通りの恐ろしい遣い手に違ぇねぇぜ」

「クソッ、俺たちはなんだってそんなヤッに目をつけられちまったんだ！」

「とにかく、六太郎兄ィに報《しら》せようぜ。六太郎兄ィなら、良い思案があるかもしれねぇ」

「そうだな。しかし二人揃って隠れ家に走るのは拙《まず》い。人目につくぜ。お前が先に行ってろ」

「わかった。文次兄ィも気をつけてな」

蝮ノ文次と別れると、新八は付け木を担いで小梅村の隠れ家に向かった。

三

風が吹いている。冷たい風だ。

(お江戸にも、こんなに冷たい風が吹くんだねぇ)

お兼は空を見上げた。

残暑が酷《きび》しい季節だ。まだ夏だと言ってもいい。確かに風は吹いているが、冷たいと感じるはずもなかった。

だが、確かにお兼の心の中を、冷たい風が吹き抜けていったのだ。

(富蔵……)

視線の先に墓地が広がっている。墓地の中の小屋に富蔵の亡骸が横たえられているはずだ。

(馬鹿な男さ)

馬鹿な男だったから、馬鹿馬鹿しい死に方をした。

(権太夫《ごんだゆう》の情婦《イロ》だったあたしと、権太夫の子供の楯《たて》になって、殺されちまったんだからねぇ)

その権太夫もすでにこの世の者ではない。確かにかつては、神流川の流域一帯で一家を構えた大親分だったかもしれない。富蔵もずいぶんと可愛がられていたのであろう。

しかし、死んでしまった人間に忠義を尽くしても、なんの見返りもない。命を懸ける理由などどこにもなかったはずだ。

お兼は二十五、六の年格好で、色白、細面の美女だった。目元に険があるのは悪党の世界に混じって生きてきたからだ。番太郎の助次郎が産女と見間違えたのも無理からぬ凄《すご》みのある美貌であった。

お兼は悄然《しょうぜん》として面を伏せた。

自分と赤ん坊を救ってくれた富蔵に、せめて線香の一本なりとも手向《たむ》けたかった。しかし死体は番屋の者たちが見張っている。迂闊《うかつ》に近寄ることはできない。こうして墓地に近づくことすら剣呑《けんのん》なのだ。

遠くから富蔵のいる小屋に手を合わせて、静かに立ち去ろうとした時、黒巻羽織姿の同心がやって来るのを見て、お兼はその場に留まった。

（あれは、南町の八巻様……）

一目見たら忘れられない同心だ。華奢《きゃしゃ》な体軀《たいく》の色男で、どうしてあんなヤツが人斬り同心などと呼ばれているのか、お兼は我が目を疑ったほどであった。

しかしやはり、江戸一番の辣腕《らつわん》同心という評判は伊達《だて》ではないらしく、富蔵の死に様に不審を抱いて綿密に調べ回っているらしい。いったい何が気になるのか、今日も富蔵の死体を検めに来た様子であった。

（あの同心様であれば……）

六太郎の魔の手から藤吉《とうきち》を守り抜いてくれるはずだ、と、お兼は思った。

（藤吉は、八巻様の手元で立派に育ってくれるはず）

同心様のお袖がかかった子供なのだ。役人になれるとまでは思わないが、間違っても悪の世界に堕《お》ちることはないだろう。

（真っ当な人間になってくれればそれでいい）

お兼はそう思い、そう願った。

（そろそろ帰らなくては）

自分の存在まで八巻に嗅《か》ぎつけられてしまったらまずい。藤吉はどこの誰の子とも知れぬ孤児でなければならなかった。

（あたしのような悪党が母親だと知れたら一生肩身の狭い思いをする）

二度と親子の名乗りを上げることはできない。しかしそれが藤吉のためなのだと、お兼は自分に言い聞かせた。

気配を忍ばせながらその場を離れようとした時——お兼は良く見知った男の姿に気づいてハッと顔色を変えた。

「あいつは蝮ノ文次……！」

長身で痩せた男が物陰から墓地の様子を窺《うかが》っている。神竜一家で随一とも言われた殺しの腕を持つ、冷酷非道な大悪党だ。押し込み強盗の際には仲間たちでさえ鼻白むようなやり口で人を殺し、女を犯した。人を責め殺したり、苛《さいな》んだりすることが大好きだと自ら語っていたほどだ。

文次はお兼に見つかったとも気づかずに、墓地の方に目を向けていた。まるで獲物を狙う蛇のような顔つきであった。

いったい何を狙っているのか。お兼が視線を転じたその時、八巻が小屋の中から出てきた。

それを見た文次は懐に片手を突っ込んだ。

（八巻様を殺そうとしている……！）

お兼は文次の魂胆を即座に見抜いた。

文次は懐の得物《えもの》を握った。

（いくら剣の達人でも、コイツにゃあ敵《かな》うめぇ）

短い二本の竹筒を繋《つな》いで一本にする。長さ一尺三寸（約三十九センチ）ほどの吹き矢筒になった。

吹き矢を籠《こ》める。針には毒が塗ってあった。上州の山中に自生する毒草の根と、毒キノコを煮出して作った物だ。首筋を狙って吹きつければ、相手の全身はすぐに麻痺《まひ》して、やがては死に至る。

吹き矢は鉄砲や弓矢と違ってほとんど音を立てない。仮に気づかれたとしても、吹き矢そのものが小さいので払い落とすことも難しい。

しかも遠くから狙える。剣の間合いの遥か彼方から吹きつければ、攻撃が失敗したとしても、反撃を受ける心配はなかった。

（ようし、やってやるぜ）

文次にも野心はある。野心があるから上州の在郷から江戸に出てきたのだ。噂の同心、八巻を仕留めて我が名を天下に轟《とどろ》かせてくれよう、などと考えた。

（そうなったらもう、六太郎なんかの下についていることもねぇ。華々しく、蝮ノ文次一家の旗揚げだぜ）

無性に血がたぎってきた。剣客同心に対する恐怖心も薄れた。

元々が無鉄砲で、無鉄砲だから悪党にしかなれなかった男だ。（やってやるぜ、やってやるぜ）と心の中で繰り返しながら、八巻に近づいていった。

深川の一帯は元々が農村や湿地帯で、人家もまばらにしか建っていない。いたるところに空き地や野原があって、背の高い夏草が生い茂っていた。身をひそめるのに都合の良さそうな用水路も掘られていた。

文次は吹き矢の腕前に自信を持っている。上州の山中では獣を仕留めては食っていた。用心深くてすばしっこい獣たちも、文次の吹き矢からは逃れられなかったのだ。

（いかに剣の名人だといっても所詮は人間だ。獣より素早いってこたぁ、あるめぇよ）

文次は墓地へと続く小道近くの、草むらの中で身を伏せた。気配を絶って八巻が近づいてくるのを待った。

お兼は文次の様子を窺いつづけた。

（どうしよう……）

いかなる強敵でも次々と返り討ちにしてきた八巻のことだ。後れをとることは、よもやあるまいと思うが、しかし、お兼は文次の吹き矢の恐ろしさもよく知っている。

（ふいを突かれたら、八巻様でも危ない）

文次は八巻に意識を集中させていて、お兼がいることにはまったく気づいていない。ならば後ろから近寄って頭に石でも投げつけてやるか。

しかし自分の細腕では、文次を倒す自信がなかった。

（やりそこなったら、こっちが捕まっちまう）

八巻に捕まるか、文次に捕まるか。

八巻に捕まればお白州に引き出され、神竜の権太夫の情婦だった過去を暴かれる。自分はそれでもいいけれども、藤吉にまで〝大悪党の子〟という札が張られてしまう。

文次に捕まったら、もっと酷《ひど》いことになる。六太郎の前に引き出され、嬲《なぶ》り殺しにされるだろう。

六太郎は元々は権太夫の手下で、お兼のことも「姐《あね》さん」などと呼んでいた男だ。そんなヤツの手で嬲り殺しにされるのはまっぴら御免だ。

お兼は思案を巡らせると、意を決して墓地の方に走った。

墓地の入り口では番太郎たち三人が座り込んで、のんびりと莨を燻《くゆ》らせていた。

「もうし」

お兼は思い切って声をかけた。

番太郎たちはお兼を見て顔つきを変えた。お兼が深刻な表情で息を弾《はず》ませていたからだろう。

「なんだ、お前《め》ぇは」

親方らしい中年男が油断のない物腰で質《ただ》してきた。

お兼は腰を屈めて低頭した。

「手前は、八巻様の密偵にございます」

「八巻様の密偵だと？」

お兼は意を決して親方を見据えた。

「八巻様からの言伝《ことづて》にございます。そこの草むらに曲者《くせもの》が潜んでおる。八巻様ご自身が囮《おとり》となって曲者の気を引くゆえ、その隙に捕らえよ、との言いつけにございました」

「なんだと！」

番太郎たちは六尺棒を摑《つか》み取った。

文次は夏草の陰から目だけを出して、八巻の様子を探った。

（それにしても、間の抜けた姿だぜ）

全身これ、油断だらけに弛緩しきって、だらしのない足運びで歩いてくる。剣豪の行歩にはとても見えない。顔つきもまったりと笑みなど浮かべて、なにが楽しいのか、空に浮かんだ白い雲などに目を向けていた。

（本当にコイツが噂の剣客同心なのかよ）

拳骨で殴りかかっただけでも叩きのめすことができそうだ。

だが待てよ、と文次は考え直した。

上州は剣術の本場で、古流派の剣道場がいくつもあった。例えば将軍家御家流の柳生新陰流にしても、元は上州上泉《かみいずみ》の、陰流《かげのながれ》という流派から分かれたのだ。

上州のあちこちにある剣道場では、武芸を極めた老人たちが若者を相手に指導しているのだが、この老人たちがどう見ても好々爺《こうこうや》にしか見えなかったりする。

ところが、いざ木刀を握ると恐ろしく強いのだ。

武芸も名人の域に達すると、表面からはその強さが見えなくなってしまう。一《ひと》角《かど》の武芸者同士の立ち合いでは〝互いに見合っただけで相手の強さがわかる〟などとも言うが、逆に言えばそれは、自分の力量を相手に覚《さと》られているわけで、ある意味では不覚なのだ。

本物の名人は自分の強さを相手に覚らせもしない。傍目《はため》にはいつも笑顔の好々爺に見える。自分の実力を韜晦《とうかい》させている。

（八巻め、あんな若造のくせに、その域にまで達していやがるということか）

文次は緊張した。全身にジワッと嫌な汗が滲むのを感じた。

それでも文次はおのれの吹き矢術を信じて、身を震わせながら八巻を待ち続けた。

八巻は、ひょっとこに似た手下を引き連れながら、何も気づかぬ様子で歩いてくる。

毒の吹き矢を確実に当てることのできる距離にまで引き付けなければならない。

（あと少し、あと少しだ）

八巻はこちらに気づいてはいない。相も変わらず呑気《のんき》そのものの顔つきで、フラフラと頼りなく歩いてくる。ほっそりとした華奢な首がよく見える。女のように白い首だ、と文次は思った。

文次は、そろそろと吹き矢筒を口に咥《くわ》えた。すでに吹き矢は籠めてある。後はおもいっきり吹きつけてやるばかりだ。

（八巻！　手前ぇもこれでお陀仏だぜ！）

文次は自らを鼓舞した。八巻を仕留める！　そして自分の名を上げる！　江戸の闇社会を支配する文次親分に成り上がるのだ。

文次は大きく息を吸った。そして吹き矢筒に息を吹き込もうとした。

その瞬間、八巻の身体が視界から消失した。

（えっ？　な、なんだッ？）

文次は両目を瞬《しばた》いた。

（ど、どういうことだ！）

思わず首を伸ばしたその瞬間、

「あっ、そこにいやがったか曲者め！」

六尺棒を抱えた男たちが突進してきた。文次はますます動揺した。

（こいつらは、墓場にいやがった番太郎どもじゃねぇか……！）

仰天しながらも急いで立ち上がって身構える。

番太郎の親方が怒鳴った。

「やい悪党！　手前ぇがそこに潜んでいやがったことなんざ、八巻の旦那はとっくの昔に気づいていなさったんだ！　さぁ、神妙に縛《ばく》につきやがれ！」

「なんだとッ」

そんな馬鹿な。ありえない――と思ったのだが、番太郎が駆けつけてきたことは事実だ。

（八巻め！）

のんびりと歩いて見せたのは、こちらの油断を誘うための策だったのか。自らを囮にして、その隙に番太郎たちを手配したのに違いない。

「こん畜生ッ」

文次は吹き矢筒を口に咥えた。

「あっ、なんだそれは！」

番太郎たち三人が、未知の武器を目の前にして身構える。文次は吹き矢を吹いた。馬面の番太郎が六尺棒で振り払おうとしたが、その腕に吹き矢が刺さった。

「うわっ」

馬面の番太郎は慌てて吹き矢を抜き取った。親方は、吹き矢なら連射はできないと見て取って、「今だ！　叩きのめせ！」と、一番若い番太郎に指図しながら自分も突っ込んできた。

親方の六尺棒が唸る。硬い棒が文次の肩を掠《かす》めた。

「くそっ」

文次は吹き矢筒を捨てると、懐に呑んでいた匕首《あいくち》を引き抜いた。それを見て親方が激昂《げっこう》した。

「野郎ッ、どこまでも手向かいするつもりか！」

文次は、親方と若い番太郎が繰り出す六尺棒を必死でかわし、払いのけながら暴れ回った。長い腕で匕首を振り回して抵抗する。何度も打たれた。額も割られて顔面が血まみれだ。それでも抵抗を諦めなかった。

神竜一家でもっとも狂暴と恐れられた闘志と、山谷で鍛えた脚力が、最後にはものを言った。

「でえいっ！」

若い番太郎を足蹴にする。番太郎が尻餅をついた隙を見て包囲を突破した。あとは一目散に逃げるばかりだ。

「野郎！　待ちやがれ！」

親方が叫んだ。だが、重い六尺棒を抱えた中年男の体力では、文次の走りには敵わない。若い番太郎も立ち上がったが、文次は既に、野原を遠く踏み越えていた。

「畜生ッ、畜生ッ、畜生ッ」

文次は喚《わめ》きながら走った。

八巻に手玉に取られてしまった。野獣の目さえ欺《あざむ》く文次の隠形《おんぎょう》ノ術を易々《やすやす》と見破り、そのうえで罠まで仕掛けてきたのだ。

「畜生ッ、あれが――」

江戸で一番の切れ者、同心八巻の眼力なのか。

（到底敵わねぇ……！）

文次は恐怖に身震いした。やはり江戸は天下の都だ。上州の田舎者には想像もつかない強敵が潜んでいた。

（化け物だ！　八巻は化け物だ！）

もし、あの場に八巻が参戦してきたら、文次は成す術《すべ》もなく討ち取られていたことだろう。

ここで文次は「あれっ？」と、首を傾《かし》げた。

（八巻の野郎は、どこで、何をしていやがったんだ……？）

「そうだ、八巻の旦那は」

四

番太郎の留六は、同心八巻の姿を探して視線を左右に走らせた。ちょうどその時、草むらの中から八巻がのっそりと這《は》い上がってきた。小者が腕を貸して立たせている。

「こんな所に用水路があるなんてねぇ」

卯之吉は足元に目をやってブツブツと呟《つぶや》いた。黄八丈《きはちじょう》の着流しが膝まで水に濡れていた。

本所や深川の低湿地帯には、水を抜くための水路がいたるところに掘られている。横川などの掘割に水を流し、横川の水は大川に流れ落ちる。このようにして湿地を少しずつ、乾いた土地に改良している最中であったのだ。卯之吉は、ボンヤリと空を見ながら歩いていて、用水路に転落してしまったのだった。

卯之吉は番太郎たちに顔を向けた。

「なんだか、騒ぎがしていたけど」

親方の留六が恐縮しきって低頭した。

「へい、面目ねぇッ。懇《ねんご》ろなお指図を受けながら、悪党を取り逃がしちまいやした！」

「はぁ？」

卯之吉には何のことやらさっぱり意味がわからない。わからないわけだが、わからないと言えば、毎日の町奉行所暮らしそのものが、わからないことだらけだ。

わからないけれども、「わからない」と口に出したら素性が露顕してしまう。それだけはまずいと理解しているので、役人たちの前ではわかったような顔をして、適当に相槌をうつのが習性になっていた。

この時も卯之吉は、親方に調子を合わせる道を選んだ。

「ああ、そうかね。それは残念だったよ。まぁ、気を落とすんじゃないよ」

親方はますます恐縮しきって腰を屈めた。

卯之吉は（話を変えなくては）と思った。

「それよりも、そちらのお人は大丈夫ですかね」

腕を押さえて青い顔をしている番太郎に目を向ける。

「確か、馬次郎さんとかいったね」

親方は答えた。

「曲者が吹き矢を吹きつけてきやがったんでさぁ」

「ほう。どれどれ」

卯之吉は馬次郎の傷ついた腕に顔を近づけた。

「これは良くないねぇ。どうやらその吹き矢には毒が塗ってあったようだよ」

刺さった場所が紫色に変色している。

卯之吉は銀八に命じた。

「吹き矢を探しておくれ」

それから腰の脇差を引き抜いた。抜き身の刃を見て、馬次郎が顔色を変えた。

「な、何をなさろうってんです」

卯之吉は平然とした顔つきで答えた。

「あんたの腕をちょいと切って、毒を絞り出そうというのさ」

「えっ……、ちょ、ちょっと待っておくんなさい!」

怯《おび》える馬次郎に銀八が滑稽な笑顔を向けた。

「ウチの若旦那はたいした名人でげすから、心配はいらねぇでげすよ。痛いのはほんの一瞬でげす」

銀八が言ったのは医工の名人という意味だ。しかし馬次郎は卯之吉のことを剣術の名人だと思っている。毒にやられたからといって、腕をスッパリと、一瞬のうちに斬り落とされたりしたらたまらない。

「じっとしておいでな。すぐ済むよ」

やっぱり一太刀で斬り落とすのか、と身震いしていると、脇差の切っ先で皮膚を少しばかり切り裂かれた。

馬次郎は首を傾げた。切られたのに痛くない。卯之吉はその顔つきを見て、かえって心配そうな顔をした。

「痛くないのかね？　それは良くない。毒が回っている証拠だ」

切開された傷口からドス黒い血が流れてくる。卯之吉は口をつけて毒の混じった血を吸い出した。

「あっ、旦那！　こんなことをしてもらっちゃいけねぇ！」

「あんたの命には代えられないよ」

毒混じりの血を吸ってはペッと吐く。その有り様を留六親方が感動しきってみつめている。

「同心様が、オイラたちのようなモンに、ここまでしてくださるとは……」

確かに同心は、ここまではしてくれないだろう。しかし卯之吉は医工の端くれであった。これを商売にしようと思っていた男なのだ。

十分に毒を吸い出してから卯之吉は、留六に目を向けた。

「近くに酒屋はあるかねぇ。焼酎を買ってきて欲しいんだけどねぇ」

懐から紙入れ（財布）を取り出して、金を留六の手のひらに握らせた。

「へっ？」

この態度にはさすがの留六も困惑させられてしまった。

とにもかくにも留六は、若い見習いの番太郎に命じて焼酎を買いに走らせた。

「若旦那、見つけましたでげすよ」

銀八が指先に吹き矢を摘《つ》まんで持って来た。卯之吉は受け取って臭いを嗅いだ。

「あたしにはさっぱりだねぇ。こういうのは蘭方医ではなく漢方医に訊《き》いた方が良さそうだ」

漢方医にも知り合いは大勢いる。

「毒に詳しいお人もいなさるでしょう」

卯之吉は馬次郎の腕から血を流したままにさせておいた。馬次郎は痛みを堪《こら》えている。痛みを感じるようになったということは、毒による麻痺が消えたということだから良い兆候だ。

見習いの番太郎が焼酎の徳利を抱えて戻ってきた。卯之吉は受け取ると栓を抜いて臭いを嗅いだ。

「ああ、きつい焼酎だ」

「飲んだりしねぇでくださいよ」

銀八が釘を刺す。卯之吉はいったん飲み始めたら最後、もう止まらない。こんな場所で宴会など始められたら大変だ。

「わかってるさ。さぁ馬次郎さん、腕を出してごらん。ちょっと沁みるけどね、沁みたらそれは、焼酎の毒消しが効いた証拠だからね」

卯之吉は馬次郎の傷口にたっぷりと焼酎を浴びせた。馬次郎は悲鳴を上げた。

留六親方が活を入れる。

「馬鹿野郎！　旦那がお前のためにやってくださってるってのに、大声で泣くヤツがあるか！」

「い、いえ、これは、毒が消えた嬉し涙ってヤツなんで……」

卯之吉は微笑した。

「その元気があれば大丈夫さね」

傷口に懐紙を当てると手拭いで縛った。

「これでいいや。すぐに良くなるだろうよ」

「旦那！」

留六親方が頭を下げた。馬次郎と見習いの番太郎も一斉に低頭する。親方が一同を代表して言った。

「オイラたちのようなモンのために、ここまでのご厚情、有り難くって有り難くって、オイラ、今の気持ちを表すお礼の言葉も見当たらねぇ！」

馬次郎が続けた。

「あっしは、八巻の旦那のためならば、火事ン中だろうが大水だろうが、喜んで飛び込みやすぜ！」

「ああ、いいんだよ、そんなことは」

卯之吉は感謝されるのが苦手だ。

「まぁ、なんだ、傷の養生を専一にね、それじゃあたしはこれで」

ゴニョゴニョと言い訳めいた言葉を口にしながらそそくさと立ち去っていく。

悪いことをしたわけでもないのに、小さくなって肩まで竦《すく》めた。

「困ったねぇ……。どうしてこんなことになっちまったのかねぇ」

銀八は呆《あき》れた。

「若旦那が人助けなんかするからでしょうが」

「だけど見捨ててはおけないじゃないか」

「人に喜ばれることをしたんでげすから、もっと堂々となさっていればいいんじゃねえでげすか」

「あたしのような穀潰しの放蕩者が、他人《ひと》様から感謝されたりしたら、閻魔大王《えんまだいおう》様の罰が当たっちまうよ。あたしは地獄に堕《お》ちたくない」

どうしてそういう発想になるのか、銀八にはちょっとばかり理解ができなかった。

五

時刻は少しばかり遡《さかのぼ》る。蝮ノ文次がおのれの一存で八巻に仕掛けようとしていた頃――、
付け木売りに化けた新八は、小梅村にある一味の隠れ家に飛び込んでいた。
「なにっ、またしても八巻が出張ってきやがったってのか！」
新八の報せを受けた六太郎が、隠れ家の座敷で声を荒らげた。

「六太郎兄ィ……」

新八はどんぐり眼に恐怖の色を滲ませた。

「こ、このお江戸で一番の役人ってこたぁ、つまり、日《ひ》ノ本《もと》一の役人ってことだろう？　そんなヤッに目をつけられちまったんじゃあ、お手上げだよ」

「手前《てめ》ぇ、何が言いてぇんだ」

新八はゴクリと生唾を飲んだ。唇を震わせながら続けた。

「八巻はいずれ、オイラたちのことを嗅ぎつけて、ここに押し込んでくるよ」

「どうしてそう言い切れるんだよ。俺たちゃ何も手掛かりになる物は残しちゃいねぇぞ」

「天満屋の元締が言ってたじゃないか。八巻って同心は、尋常じゃやねぇ眼力で、思ってもみねぇやり口で、悪党を嗅ぎわけるんだって。オイラたちはヘマをせずに富蔵を殺したつもりでいるけど、もしかしたら思いもよらねぇ見落としがあったのかもわからねぇ。八巻はそれに気づいたのかも知れねぇよ」

「何を言っていやがる」

「将棋の名人と同じことだよ。こっちは相手が何を考えて駒を動かしているのかさっぱりわからねぇ。だけど相手は、こっちの考えてることなんか、何十手先までお見通しなんだ。……八巻ってのは、そういう名人なのに違いないよ」

「だったらどうだって言うんだ」

「兄ィ」

新八はすがりつくような目つきで六太郎を見た。

「八巻の手が伸びてくる前に、上州に逃げ戻ろうぜ」

「なにっ、手前ぇッ、なにを抜かしていやがるッ」

「盗み働きなら上州でだってできるじゃねぇか」

「神流川の山賊に戻りたいってのか！　せっかく花のお江戸に出てきたってのに、山賊暮らしが恋しくなったのかよ！」

「命あっての物種だよ」

「ふざけるな！」

六太郎は吐き捨てて大胡座《おおあぐら》をかいた。ギロリと新八を睨みつける。

「天満屋の元締にどう顔向けするんだよ。隠れ家まで世話してもらってるんだぞ。せめて一働きして恩返ししなくちゃあ、渡世の義理が立ちゃしねぇ」

「権太夫親分の隠し金さえあれば……」

「金で貸しを返して、天満屋の元締に許してもらおうってのか。だが、その金の隠し場所を知っているのはお兼だぜ。そしてあの赤ん坊だ！」

「へい」

「確かに、お兼と赤ん坊は見つけ出さなくちゃならねぇ」

「でも、八巻がこの近くで目を光らせているんじゃあ……」

「もういい！」

六太郎は新八を叱り飛ばして長口舌を遮った。

「手前ぇの情けねぇツラを拝んでいたらこっちの気分まで腐ってくらあ。とっと失《う》せろ。上州に帰りたければ一人で帰れ！」

「一人で帰ったって、オイラにゃあなんの生計《たつき》もねぇ……」

盗賊は互いの特技を活かし、役割を担って集団で行動しないと上手くいかない。一人働きの盗賊など、すぐに捕まってしまうのがオチだ。

「いいから出てけ！」

六太郎はグズグズと煮え切らない新八を追い払った。

「まったく、どいつもこいつも！」

苛立《いらだ》たしげに莨をつけて吹かした。

しかし、新八の言い分に理があることもわかっていた。なんといっても八巻は江戸一番の辣腕同心だ。そんな男がこの隠れ家の近辺を嗅ぎ回っていると考えただけで身震いがする。

（どうにかしなくちゃならねぇ……）

並の役人が相手であれば、闇討ちにしてしまうという手もある。しかし相手は世に隠れもない剣豪だ。

（そんな男につっかかって行ったら、スッパリと返り討ちにされちまうに決まってるぜ……）

六太郎も上州の悪党だ。上州は剣術の本場。賭場の用心棒ですら一角以上の剣客揃いであった。剣術使いが人を斬り捨てる現場を何度も目撃した。一瞬にして首が胴から斬り落とされる。そんな光景を目の当たりにしてきたのだ。

（冗談じゃねぇ。あんな死に様だけは御免だぜ）

八巻の刀の届く範囲には一歩も近づきたくはない。

（じゃあ、どうするんだ）

六太郎は頭を抱えた。ウンウンと唸りながら必死に思案を巡らせた。

（神竜一家じゃ、智慧《ちえ》者の軍師として名を売った俺サマだぜ。なにか良策があるはずなんだ）

八巻なんかに智慧比べで負けたくはない。

（八巻は富蔵殺しの下手人を捜し当てようとしていやがるんだ）

つまりはそれが自分たちであるところに、問題の根っこがある。

（それならば……）

突然、天啓のように名案が閃《ひらめ》いた。

「そうか、八巻に下手人を差し出してやりゃあいいんだ」

下手人が見つかれば、八巻も、ほかの役人たちも、皆で満足して、この一件から手を引くだろう。横川周辺を嗅ぎ回る役人や岡っ引きたちもいなくなる。

六太郎は己の思いつきに満足し、一人、ニタニタと薄気味の悪い笑みを浮かべた。

六

「てぇへんだ、旦那ッ」

烏金ノ小平次が腰の銭緡をジャラジャラといわせながら八巻屋敷の台所口に飛び込んできた。

途端にワッと赤ん坊二人が泣きだした。

それだけでもびっくりしたというのに、やたらと貫禄のある女房が飛び出してきて、

「なんだい朝っぱらから大声なんか出しやがって！　赤ん坊たちが泣きだしちまったじゃないか！」

と、小平次を叱り飛ばしたのだ。

小平次は（ビックリしたのはこっちだ）と思いながら、赤ん坊二人と恰幅《かっぷく》の良い女房を見た。

「そ、その子供は誰の子だい。まさか、八巻の旦那の子か」

女房はキッと目つきを怒らせて答えた。

「誰の子だっていいだろ！　まったく岡っ引きってヤツは余計な詮索ばっかりしやがって！」

小平次は恐る恐る訊ねた。

「……まさか、お前ぇが、八巻の旦那の子を産んだ……ってわけじゃあ、ねぇよな？」

すると、なぜだか一転、急に女房が愛想良くなって、蕩《とろ》けるような笑顔を向けてきた。

「イヤだよぉ親分さんったら。あたしと旦那が、そんなに似合いの夫婦に見えるってのかい？」

イヤだ、恥ずかしい、よしとくれよ、などと盛んに恥じ入りながらもまんざらでもない様子だ。小平次は言葉を失った。

そこへ卯之吉がやって来た。半分寝ぼけたような顔つきだ。

「おや、誰かと思えば烏金の親分さんじゃないか。朝早くからご苦労ですねぇ」

「寝ぼけてもらっちゃ困りますよ旦那。てぇへんなんですから」

「何かあったのかい」

「へい。例の清水町の骸、あいつを殺した下手人が見つかったんでさぁ」

「えっ」

途端に卯之吉の目がパッチリと見開かれた。

「産女が本当にいたってのかい」

「えっ？」

「それは良かった。早速だけど、赤ん坊を返しにいかないと」

何が何やらわからない。小平次は目を白黒させた。

小平次は本所へ走った。卯之吉はゆるゆると朝餉《あさげ》を食べてから、おもむろに腰を上げ、銀八を従えて本所に向かった。

「ここだねぇ」

小平次から聞かされていた貧乏長屋に踏み込む。既に町奉行所の役人や小者たちが出役していて、狭い長屋の路地を埋めつくしていた。尾上や村田の姿もあった。

「お早うございます、村田様」

南町奉行所、筆頭同心の村田銕三郎《てつさぶろう》に向かって卯之吉は折り目正しく頭を下げて挨拶した。

「悠長な挨拶をしている場合じゃねぇ」

村田はいつものように機嫌が悪い。

「あい。なにやら大変なことがわかったそうですね」

「おう。お前が殺しと見立てた清水町の骸だがな――」

尾上は自分の手柄として村田に報告したはずなのだが、村田には全部お見通しだったようだ。村田は悪党どもから〝南町の猟犬〟という渾名《あだな》を奉られている。鼻も利くし眼力もある。そのうえ性格も悪いし意地まで悪い。同心にはぴったりの性格だ。こんな上司に嘘をついて騙《だま》し通すことができると考えた尾上があまりにも浅はかなのだ。

村田は続けた。

「あの死人を殺した下手人が見《め》っかったぜ」

顎をクイッとしゃくる。卯之吉は長屋の部屋の一つを覗きこんだ。

「おやまぁ」

板敷きの上に男が大の字になって転がっている。村田が説明した。

「首に刃物傷だ」

「見せてもらっていいですかね?」

「辺り一面、血まみれだぞ」

卯之吉は長屋に上がった。畳は敷かれていない。最初から畳などはなくて、茣《ご》蓙《ざ》を敷いて暮らしていたようだ。

床板は大量の血を吸っていた。血を踏まないようにと思っても、踏まなくては死体に近づくことすらできない。

ヌルヌルと不気味に滑る板の上を注意深く渡って、卯之吉は男の死体に顔を寄せた。

「なるほど、切れていますね」

首筋に深い傷口が開いている。致命傷だったことは明らかだ。

男は右手に包丁を握っていた。どんぐり眼を無念そうに見開いている。無残な死に様であった。

戸口に立った村田が言った。

「自害のようだぜ」

「どうしてわかるんですかね」

右手に握った包丁は、自分の首を切るためではなく、誰かと戦うために握っていたのかもしれない。その誰かに斬られたということも考えられる。

「遺書があったのさ」

村田は懐から一枚の紙を摘まみ出した。

「読ませてもらっていいですか」

「お前に読めるかどうかわからねぇよ」

「いくらあたしだって読み書きぐらいはできますよ」

と思ったら、確かにとんでもなく読みづらい字だ。

「なんですねこれは。ミミズの盆踊りですか」

とてつもない悪筆を苦労しながら読みくだした。

「なるほど、『横川の堀端で喧嘩をして、ものの弾みで人を殺《あや》めた。お上の御詮議も恐ろしいので死ぬ』と書いてあるようですねぇ」

「そう読むらしいな」

「それじゃあ、このお人が殺しの下手人だと」

「手前ぇでそう書き残したんだから世話がないぜ。俺たち役人にとっ捕まったら、番屋で絞り上げられて、お白州に引き出され、しまいにゃあ獄門台だ。そりゃあ死にたくもなるだろうさ」

「はぁ。死んでしまった方がいっそ楽だと」

「そう見せかけて殺されたんじゃねぇのかと疑ってもみたが、この骸の様子から察するに、死んだのは昨夜だ。まだ半日も経っていないだろう。近く長屋のモンに確かめたが、人が訪ねてきた様子もなかったというぜ。争う物音も、聞いちゃいねぇとよ」

村田は長屋の造りに目を向けながら続けた。

「壁も薄い安普請だ。誰かが訪ねて来たのなら、その物音や挨拶の声は向こう三軒にまで筒抜けだろうぜ」

「どなたかがやって来て、そのお人と争って、お討ち死にしたわけではない、ということですね」

「縁の下からは、こんな物が見つかった」

村田は床の隅に置いてある物を指差した。

「なんです？」

茶色に変色した手拭いが、何かに巻きつけられている。

「匕首だよ」

村田が説明した。

「握りにも血の痕《あと》があった。清水町のヤツを殺した後、手拭いにくるんで縁の下に投げ込んだんだろう。清水町の死体に残ってた刺し傷と、この匕首を合わせてみれば、殺しに使われた物かどうかはわかるな」

「このお人、いったい何者なんですね」

「大家が言うには、こんな場末の貧乏長屋だ。碌《ろく》に身元も確かめずに流れ者に部屋を貸したらしいぜ。名前ェは新八、身元を請け合ったのは付け木売りの親方で、新八は毎日、付け木を売り歩いていたらしい」

「はぁ、他国から来た流れ者でしたか」

「それ以上は身元の確かめようもねぇ。投げ込み寺にコイツを投げ込んで、一件落着だなぁ」

村田は斜に構えた態度で長屋から出ていった。

奉行所の小者が入ってきて、死体の着物を脱がしたり、ひっくり返して背中を検めたりし始めた。入れ墨など、死体の身元や犯罪歴を示すものがないかどうかを調べている。卯之吉は小者の肩ごしに眺めていたが、何も興味を惹《ひ》かれるものはなかったので、表に出た。

長屋の外で銀八が待っていた。

「よくもあんなおっかねぇ所に入っていけるもんでげす。血の臭いだって酷いのに」

卯之吉はカラカラと笑った。

「あたしは医工だよ。血が怖いなんて言っていたら何も始まらないよ」

いいえ、旦那は同心様でげす、と言いたかったのだが、黙っていた。

医工にせよ同心にせよ、死体や血を怖がらないというのは、大変に好都合な資質であるのに違いない。と銀八は思った。

役人たちによる貧乏長屋の詮議の様子を野次馬たちが遠巻きにしてみつめている。男が二人、その場から静かに立ち去った。

「どうやら役人どもは、富蔵殺しの下手人は新八だ、ってことで納得したようだな」

六太郎が満足そうに薄笑いを浮かべながら言った。

手拭いをほっかむりにして面相を隠した文次が従っている。昨日、番太郎に打たれた傷が残っていたからだ。

「よくやったぜ文次。自害にしか見えねぇ死に様だ」

「新八の野郎も、あっしに殺されるとは思わなかったでしょうからね」

文次は昨夜、この長屋にこっそりと訪《おとな》いを入れたのだ。新八はこっそりと迎え入れた。長屋の住人たちが新八の部屋に客が来たことに気づかなかったのは、二人が揃って息をひそめていたからだ。

殺しも一瞬でケリをつけた。ほとんど物音を立てずに新八を始末した。

六太郎は満足そうに頷いた。

「これで八巻の野郎も富蔵殺しの一件から手を引くはずだぜ。隠れ家の近くを嗅ぎ回られる心配もなくなった」

六太郎は嗜虐的《しぎやくてき》にせせら笑った。

「腰の引けた新八も始末できたし、一石二鳥よ」

文次は六太郎に訊ねた。

「それで、これからどうしやす」

「お兼と赤ん坊を見つけ出す。権太夫の隠し金のありかを突き止めてやる」

「へい」

「その金を元手に小悪党をかき集めて、神竜一家を建て直すんだ。江戸一番の盗賊になって、八巻の鼻を明かしてやるぜ」

文次は、昨日八巻にしてやられたことを六太郎には伝えていない。一人で青い顔をした。

「だけど、兄ィ……。八巻は……」

「なんだ？」

六太郎は文次をジロリと睨んだ。

「手前ぇまでビビっちまったのか」

「そういうわけでは」

「さっきの有り様を見ただろう。この六太郎サマの奇策に、町奉行所の同心どもがまんまと引っかかりやがった。俺の方が八巻より知慧が回るってことだ。そうじゃねぇのかよ」

「ああ。きっとそうに違ぇねぇ」

「俺に任せておけば大丈夫さ」

そう言って歩き始めてから、ふいに振り返って文次を睨んだ。

「それからな、俺のことを兄ィって呼ぶのはそろそろやめにしろ。これからは俺のこたぁ、親分って呼ぶんだ。わかったな？」

ドスを利かせた物言いで念を押されて、文次は渋々、低頭した。

第三章　鬼哭啾々《きこくしゅうしゅう》

一

嫌な夢を見た。目が覚めたとき、お兼の身体にはベッタリと汗が滲《にじ》んでいた。

お兼は半身を起こした。あばら家の板壁の隙間から風が吹き込んでいる。扉の代わりに戸口に吊るされた莚《むしろ》が風に揺れていた。

お兼は手拭いで首筋や胸元の汗を拭った。乳首が張って疼《うず》いている。自分が産んだ赤ん坊のことを思うと、ますます切ない痛みが走った。

莚を押し開けて老爺《ろうや》が入ってきた。

「だいぶ、うなされていたようだったね」

老爺は鉄瓶を持ってきて、湯呑に注《つ》いだ。

「白湯《さゆ》だよ。茶葉なんて洒落《しゃれ》たモンはねぇがね」

それでも精一杯の好意だということは伝わってきた。

お兼は「ありがとう」と言って、湯呑を手に取った。

ここは大川の川原にある流れ宿《ぐ》だ。無宿者や旅芸人などが泊まる宿である。旅籠《はたご》は往来手形や人別帳を持たない者は泊めてくれない。流れ者が無闇に江戸に入り込まないようにするためだ。

江戸に入り込んだ悪党たちは、闇社会の顔役や博徒の親分のところへ挨拶に出向く。顔役や親分に気に入ってもらえれば、塒《ねぐら》を手配してもらえるし、往来手形や人別帳を偽造してもらえる。顔役たちの世話になって江戸で暮らしながら、その手先として働くわけだ。

しかしお兼はどこの親分のところへも顔を出すことができなかった。お兼の居場所が知れたなら、間違いなく六太郎たちがやってくるからだ。

「おじさん、迷惑をかけてごめんよ」

お兼は、竈《へっつい》の前で飯を炊き始めた老爺の背中に向かって言った。

「金なら、あたしの身体でいくらでも稼ぐからさ……」

流れ宿でも宿代は払わなければならない。口止め料も合わせるとかなりの金額となる。

お兼は、金などは、自分の身体でいくらでも稼げるということを知っていた。子供の頃からそうやって生きてきたのだ。今さら悩むこともなかった。

（女なんて、そんなもんさね）

お兼の心を、冷たい風が吹き抜けていった。


神流川は険しい山中を流れる川だ。川に沿って所々に盆地があって、信濃《しなの》の佐《さ》久《く》地方へ抜ける街道が通っていた。

権太夫という男はこの川沿いの山村で生まれ、育った。最初は樵《きこり》や猟師で生計《たつき》を得ていたのであるが、いつの頃からか、川沿いの街道を通る荷を襲えば、楽をして大金をせしめることができると気づいた。

権太夫は神流川に沿って暴れ回り、子分どもも大勢従えて、いつしか神竜一家の頭目を自任するようになった。神流をじんりゅうと読みくだし、ついで神竜の文字を当てたのだ。

悪党の欲には限《き》りがない。そのうちに山賊働きでは物足りなくなって、麓の平野に打って出るようになった。上野国《こうずけのくに》は養蚕で栄えた富国である。山賊たちにとってその平野部は、美味しい御馳走のように見えたのに違いない。

お兼は中山道の宿場、安中宿《あんなかじゅく》で飯盛女《めしもり》をしていた時に、神竜一家に攫《さら》われた。まだ十七、八の頃だったろう。安中宿に神竜一家が夜襲をかけてきたのであった。

お兼の同輩の遊女たちは、泣き叫びながら逃げまどった挙げ句に殺されていった。

お兼は、（もう、どうにでもなれ）という気分で張り見世に座っていたところを、権太夫に目をつけられたのだ。

お兼は権太夫に攫われて、山中の隠れ家へ連れ込まれた。裸身を権太夫に玩《もてあそ》ばれ、情婦《イロ》にされ、そうして半年も経つうちに、いつしか一家にも馴染み、ついには盗みの手引きをして働くようになった。

お兼にしてみれば、神竜一家の隠れ家も、中山道の宿場町も同じであった。どちらも人面獣心の、ケダモノどもの住《す》み処《か》だったのだ。

お兼は山のケダモノの手先となって、里のケダモノを襲う手伝いをするようになった。豊かな商人や本百姓たちは皆、かつて自分を苛《いじ》めた悪党だ。そう思っていたからお兼は悪事を悪事とも思わなかった。山のケダモノが里のケダモノを殺す光景を見ても、格別、罪の意識を感じはしなかった。毒蛇と毒蛙が食いあっているようなものだ。どちらも気持ちの悪い、この世から消えていなくなってほしい存在であった。

それでも悪党の暮らしはやはり、女人の心には重すぎた。お兼は生ける屍《しかばね》のようになって日々を過ごした。まともな感受性など持っていたら生きていくのが辛くなるだけだ。何も考えずに、感じずに、生きるしかなかった。

そんなお兼だったのだが、ある日突然、激しく心を揺さぶられる事態に直面させられることとなった。

赤子を宿したのである。お兼は「自分も人だったのだ」と改めて気づかされて呆然《ぼうぜん》とした。

ひたすら混乱しているうちに孕み腹《はら》はどんどん大きくなり、ついには赤子が生まれてきた。お兼は人の親になってしまった。自分などが母親になって良いのだろうか、否、良いわけがない、などと思った。

それでも我が子は可愛い。夢中になって乳首に吸いつき、乳を吸う子を見るうちに、温かい何かがお兼の胸に流れ込んできた。氷のように固く閉ざされていた心が溶けていくのを自覚した。

そうこうするうち突然、権太夫が死んだ。

権太夫のことなど、さらさら愛してなどいなかったのだが、それでもお兼は権太夫によって生かされていた。暮らしの支えを失ったお兼は、赤子を抱いて途方に暮れた。

途方に暮れたのは一家の子分たちも同じであった。

その時、数年前に江戸から流れてきて一家に加わっていた六太郎という男が、茫然《ぼうぜん》自失した子分衆の前で、「江戸に出て、皆で一旗揚げよう」などと言い出した。

子分衆が六太郎の口車に乗ってしまったものだから、お兼まで、赤子を背負って、江戸まで旅をすることとなった。

盗賊稼業を楽しいと思ったことなど一度もない。しかしお兼はもはや、神竜一家について行くしか、生きる方策が立たなくなっていたのだ。

（こうなるしか、なかったのだねぇ……）

お兼は、神流川の谷を出てから今日までの来し方をぼんやりと、思い起こした。

二

遠くで雷が轟《とどろ》いている。雨雲は地平に低く立ちこめていた。山も里も野の道も、夕闇のような薄暗さに包まれていた。

お兼は視線をあげた。彼方の山際に大雨が降っている。雨雲の底から黒い筋が幕のように垂れているのが見えたのだ。その黒い筋や、幕のように見えるものはすべて雨だということをお兼は知っていた。

風が強く吹いてきた。冷たくて湿った風だ。

お兼は幼女だった頃のことを思い出した。

「この風は、雲の上から、雨と一緒になって降ってくるのに違いないねぇ」

中年の女がお兼の横で言う。見上げれば真っ黒な空。幼いお兼は怖くてたまらず、中年女の手を握った。

憶えているのはそれだけだ。その女が何者なのか、その場所がどこだったのかも記憶していない。中年女が自分にとってのなんなのか、母親なのか、それとも祖母なのか親類なのか、あるいは可愛がってくれた近所のおばさんなのかなど、なにひとつとして思い出すことはできなかった。

ただ——こうして雷雨が近づくたびに、その女の顔と、見知らぬ景色を思い出すのである。自分にも故郷と呼べる場所があったのだ、などと、漠然と考えたりもした。

雷鳴が大きく聞こえてきた。空はますます暗くなり、豪雨の先触れの大風が梢《こずえ》を揺らした。

富蔵が心配そうに顔を寄せてきた。

「どこか、雨を避けられる場所を見つけなくちゃいけねぇや。赤子が濡れたら大変だぜ」

お兼は背中に赤ん坊をおんぶしていた。富蔵がその赤ん坊を、心配そうに覗《のぞ》きこんでいる。

お兼は自分の生年さえ知らない。しかし、顔つきや体つきから察するに、二十を三、四年ほど過ぎた年齢なのだろうと思っていた。

富蔵もまた同年配である。古びた饅頭笠《まんじゆうがさ》を被り、薄い帷子《かたびら》の裾を尻端折《しりはしよ》りしていた。そのうえに白い袖無しの浄衣《じようえ》を羽織り、臑《すね》には脛巾《はばき》を巻いて、足には草鞋《わらじ》を履いていた。

浄衣は参詣者の印である。この時代の町人たちは勝手に旅をすることが許されない。「信心している寺社仏閣に参拝するため」と言い訳をして、初めて往来手形が下りるのだ。街道での浄衣はごく見慣れた旅装であった。

　お兼は富蔵の顔を見つめ返した。

　名前だけ聞くと、さながら芝居に出てくる色男のようなのだが、けっして男前とは言えない。四角い顔で、顎が張っていて、鼻は潰れたような団子鼻だ。眉は太いが目は細い。体つきも真四角で酷《ひど》いガニ股だった。若い娘たちから褒めそやされる容姿ではない。

　お兼は初《うぶ》な生娘ではなかった。それどころか海千山千と言われてもおかしくないほどの女である。富蔵が自分に岡惚れしていることには気づいていた。富蔵は驚くほどに純朴に、お兼のことを、吉祥天《きっしょうてん》かなにかのように崇《あが》めてくれていたのだ。

（馬鹿な男さ）

　そう思わぬでもない。馬鹿がつくほど正直で、人の好い善人なのに、なにゆえか悪党の世界に転落してきた。しかしやっぱり馬鹿だとお兼は思う。兄貴分たちに追い使われるだけの能しか持ち合わせていない。こんな男はそう長生きはできないということを、お兼は経験で知っていた。

一昔前のお兼であれば、こんな間の抜けた若い男など、鼻も引っかけなかったか、あるいは頭から見下していたことだろう。

しかしどういう理由なのか、この愚かしい善人が心地よくてならないのだ。富蔵にあれこれとお節介を焼かれると、心が安らぐのである。

（それもこれも、藤吉が生まれてきたからなのか……）

もう〝女〟ではない。母親になったのだ。否応なしに心のあり方が変わってしまったようだ。

富蔵は藤吉の顔を覗きこんでいる。「やぁ、笑ったぁ」などと言っては、自分が赤ん坊に戻ったような顔つきで喜んだ。

豪雨の気配がますます強くなってきた。街道沿いに生い茂った夏草が風に吹かれて、ザワザワと不吉な音を立てている。

人家も乏しい街道筋だ。雷鳴に驚いたのか、雉《きじ》が鋭い声を放って飛んでいった。

お兼を含めた一行は十数人で列を組んでいた。揃いの白装束を着けて、講（同じ寺社を信心する者たちの集まり）を装っている。揃って口数が少ない。旅塵《りょじん》まみれの笠を目深に伏せながら、黙々と歩を進めている。

居住する町や村を離れた旅人たちは、浮ついた調子で物珍しい景色に喜んだり、街道沿いで目についた娘たちに声をかけたりするものだ。

しかし、この一行には旅を楽しんでいる様子がまったく感じられない。陰鬱な顔をムッツリと伏せて、足早に旅路を急いでいた。

富蔵は、先頭を歩く男に歩み寄った。

「六太郎さん」

声をかけられた六太郎は煩《わずら》わしそうに顔を上げた。

「なんだよ」

笠の下に隠されていた顔が覗けた。いつでもどこでも苛立《いらだ》った顔をしている。

六太郎は巡礼の先達を装っていた。先達とは旅参りに馴れた者をいう。旅のしきたりも心得ているし、寺社にも顔が利く。参拝旅には必ずそうした者がついていて、馴れぬ巡礼者たちを先導していた。当然、人当たりが良くて親切な者にしか務まらない仕事だ。

ところが六太郎には巡礼の先達らしい物腰がまったく感じられない。富蔵を見つめ返す眼差しも険悪で冷たかった。巡礼姿の一行の先頭を歩いてはいたが、信心深い様子など微塵《みじん》も感じさせなかったのだ。

富蔵は六太郎の眼力に気圧《けお》されながらも続けた。

「酷い雨になりそうですぜ。どこか、雨宿りができる場所を探しやせんか」

「雨宿りだぁ？」

六太郎は笠をちょっと掲げて空を見上げた。

「確かに一雨来そうな雲行きだが、あと三里も歩けば板橋《いたばし》の宿だ。今日中に江戸に入れるっていうのに、こんな野ッ原でグズグズしているわけにゃあいかねぇ」

「だけど……」

なおも言い募《つの》ろうとした富蔵を、六太郎が白い目で睨《にら》んだ。

「神竜一家の手下ともあろう者が、たかが雨ッ振りぐれぇでガタガタ抜かすもんじゃねぇぞ」

「だ、だけどよ兄ィ、その権太夫親分の、一粒種の藤吉坊が雨に濡れて風邪でもひいたら――」

「ツベコベ抜かすんじゃねぇッ」

いきなりの鉄拳が富蔵を襲った。ボカッと殴られた富蔵はその場で尻餅をついてしまった。

「嘴《くちばし》の黄色い三下が、この俺の指図に逆らうつもりか！」

さらに足蹴が富蔵を襲う。富蔵は、せめて急所は蹴られまいと身体を丸めて耐えた。

凄惨《せいさん》な光景であったが、巡礼姿の者たちは薄ら笑いを浮かべて眺めているだけだ。止めに入る者など一人もいない。他人が痛めつけられたり、苦しんだりする姿を眺めるのが楽しい——とでも言わんばかりの顔つきだった。

「もうお止しよ」

お兼が割って入った。

「早く江戸に入りたいんだろう。だったらこんな所で、まごまごしている暇はないはずだよ」

お兼の背中で藤吉がむずかり始めた。大人たちの険悪な空気を察したのかもしれない。

六太郎も、お兼には遠慮があったらしく、フンと鼻息をひとつ鳴らすと、

「野郎ども、聞いての通りだ。先を急ぐぜ」

息巻きながら歩き始めた。

お兼は富蔵を抱え起こした。

「馬鹿だねぇ。六太郎に楯突くなんて」

富蔵は拳で鼻血を拭った。目の周りにも青痣《あおあざ》を作っている。

「だってよ姐《あね》さん、六太郎のヤツ、権太夫親分を差し置いて親分風なんか吹かしやがって、むかっ腹が立つじゃねぇですか」

身体が頑丈なだけが取り柄の富蔵は、泥を払いながらムックリと立ち上がった。身体のどこにも怪我はしていないようだ。

「それも仕方のないことさ」

お兼は、富蔵に気づかれないように小さな溜息をついた。

「権太夫は死んじまったんだからね……」

六太郎と神竜一家の男たちは、黙々と先を歩んでいる。富蔵はともかく、お兼と背中の藤吉にも、気を配ることはなかった。

（男が死んでしまえばね、残された女子供なんて、こんなもんさ）

お兼の心をまた、冷たい風が吹き抜けた。子供の頃からずっと、事あるごとに吹き抜けていった風だ。

他人に薄情にされたからといって、いまさら悔しがったり、嘆いたりすることはない。お兼は富蔵を従えて、六太郎たちの後を追った。

三

「ひでぇ雨だ。まるで水垢離《みずごり》だぜ」

滝のような豪雨を浴びて、全身ずぶ濡れになりながら、六太郎たちは板橋宿に入った。

板橋は中山道第一番目の宿で、江戸からほんの一里ほどの距離にある。

板橋の旅籠は公儀の許可を得て遊女を置いていた。これらの遊女は〝客に給仕をする〟という名目で置かれていたので飯盛女と呼ばれていた。

飯盛女を抱えた旅籠は飯盛旅籠という。店構えは吉原の遊廓とほとんど変わりがない。ベンガラ格子の張り見世に遊女を座らせて客を引くという妖艶《ようえん》さであった。

中山道を旅してきた田舎者たちは、板橋宿に踏み込んだだけで、桃源郷に迷いこんだような夢心地を味わったことだろう。

六太郎たちも本心では飯盛旅籠に登楼したかったのだろうが、参詣旅を装って浄衣を着た身では女を買うこともできない。ここは大人しく『浪花講《なにわこう》』の看板が下がった宿に入った。

浪花講は巡礼や女人などを泊めるための旅籠で、健全経営が売りものである。店の主や女将も堅実で、誠実な者たちが多かった。

浪花講の旅籠の主人は、だいぶ頭の白くなった老人であった。

「おやおや、これは難儀なことでございましたろう。さぁ、濡れた物はお脱ぎなされ」

甲斐甲斐《かいがい》しく世話を焼きながら一同を奥の土間へと案内した。神竜一家の者たちが笠を取ると、その面相の険しさに一瞬顔色を変えた様子であったが、江戸の者たちは皆、信心深い。侠客や鳶《とび》職など、危険な稼業に就いている者たちほど神仏に対しては敬虔《けいけん》だ。悪党ヅラの巡礼など珍しくもなかったので、すぐに気を取り直した様子で、濯《すす》ぎの小桶を取りに行った。

お兼も暖簾《のれん》をくぐった。背中では藤吉が泣いている。宿の女将がすぐに気づいて駆けつけてきた。

「おやおや、こんなに濡れなすって、可哀相に」

主人と似合いの親切な老女である。慣れた手つきで藤吉を下ろしにかかった。

赤ん坊を帳場の板敷きの上にそっと寝かせた。

「あんた、乾いた布を持ってきておくれ」

主人に言う。

「あいよ」

お兼は、肩を竦《すく》めた。

「お手間を取らせちまって、あいすいません」

すると老女は顔をクシャクシャにして笑った。

「あんたに礼を言われることじゃないよ。この赤ん坊のためにやってるんだからね」

その笑顔を見て、お兼の心は激しく揺れた。子の母になったというだけで、どうして人は、こうも優しくしてくれるのか。

老女はたちまちのうちに藤吉の体を拭いて、新しい産着《うぶぎ》に着替えさせた。お兼は感心しきって、その手際を見つめた。

六太郎は主の案内で二階の座敷に上がっていく。「ここで待ち合わせの約束があるんだが……」などと言っている声が聞こえてきた。

旅籠の夕食は、まだ日のある内に出るのが通例だが、この日はほとんど暗闇の中での食事となった。旅籠に手抜かりがあったわけではない。分厚い雨雲が夕陽を遮ってしまったからだ。

飯盛旅籠であれば、金さえ払えばいくらでも蠟燭《ろうそく》や灯火は出てくる。遊廓そのものだからだ。それに比べると浪花講の旅籠はずいぶんと陰鬱で薄暗かった。

しかし神竜一家の男たちは、いかつい顔を綻《ほころ》ばせながら満足そうに舌鼓を打っていた。

「さすがに江戸の食い物は旨《うめ》ぇなぁ」

江戸には関八州で取れた産物が運ばれてくる。食材には事欠かない。

「そうだろうともよ」

上座を占めた六太郎が酒杯を呷《あお》った。この酒は精進落としという名目で運ばせたものであった。

六太郎は唇を舐《な》めながらニヤリと笑って、続けた。

「江戸には活魚ってものがある。活きた魚を、生のまんま食うんだ」

「へえ？」

一家の男たちは怪訝《けげん》そうに顔を見合わせた。二列に並んだ膳の、上座に座った文次が訊ねた。

「生のまんま、ですかい？」

「おうよ。塩漬けや、酢で〆た魚とは違うんだぜ。舌の上で蕩《とろ》けそうな味わいだぞ。川の魚は生じゃあ食えねぇ。だけど海の魚は生でも食えるのさ」

そして一同を見渡し、

「上州で生まれ育ったお前《め》ぇたちにゃあ、思いもつくめぇがな」

と締めくくった。

田舎者であることを侮辱《ぶじょく》されてしまったのだが、一家の男たちは腹を立てるどころか期待に目を輝かせた。

「早く食ってみてぇ！」

俺もだ、俺もだ、と、皆が勇んで同意した。

「どうだ、この俺に従って江戸に出てきて良かったろう」

六太郎はそう言い放つと、満足そうに酒杯を飲み干したのであった。

座敷の一番下座に、お兼と富蔵が座っている。富蔵は意気盛んな仲間たちからは顔を背けていた。お兼はこの宴席の始まる前、六太郎から「脇に侍《はべ》って酌をするように」と言われた。頑として撥ねつけたら、当てつけがましく、こんな暗い席をあてがわれた。

しかし、今さら一党の中で姐御顔《づら》をするつもりもなかった。悪党どもに混じっての飲み食いなど、したくもなかった。

（いっそ、せいせいするというものさ）

などと内心で毒づいてから、ハッとした。

（あたしはいつから、こんな女になったんだろう……）

ほんの少し前のお兼なら、「なめんじゃないよ！」などと啖呵《たんか》を切って、男どもの間に割って入り、六太郎に対しても、「昔の恩義を忘れるんじゃないよ！」などと叱り飛ばしていたはずだ。

それなのに、今はそんな気力もない。声を荒らげたりすることは、女として恥ずかしいことだと気づいてしまった。

（あたしはほんとに、どうかしちまった……）

権太夫という連れ合いを失くしたからなのか。

いや違う、とお兼は思った。権太夫を愛《いと》しいとか、頼もしいなどと思ったことは一度もなかった。その証拠に権太夫が死んだと聞かされた時も、まったく悲しみを感じなかったのだ。

男どもはいよいよ陽気に怪気炎をあげている。江戸に出てきたことがよほど嬉しいらしい。まるで祭の前の子供だねぇ、などとお兼は思った。

脇に寝かせておいた藤吉がむずかりはじめた。お兼は藤吉を膝の上に抱いてあやした。

（江戸か）

お兼にとってもそこは格別の場所であった。江戸にさえ出れば、こんなあたしでも、あるいは人生が拓《ひら》けるのではあるまいか、などと夢想したこともあった。

（その江戸に出てきたというのに）

まったく心が弾《はず》まない。ただただ、仲間たちが疎《うと》ましく思えるばかりだ。

そんなお兼を蚊帳《かや》の外に置いたまま、男たちは楽しく飲み食いしつづけている。丸顔にどんぐり眼《まなこ》の新八が、顔を紅く染めて六太郎に訊ねた。

「だけどよ兄ィ、江戸に出てきたのはいいけど、伝《つて》はあるのかい、そのぅ、仕事の伝がさ」

新八は「仕事の」と言った時に、顔を伏せて声をひそめた。お兼は（馬鹿だねぇ）と思った。真っ当な稼業に就いている者なら、仕事の話をするときに疚《やま》しそうに声をひそめたりはしない。新八が声をひそめたせいで、一行の稼業が後ろめたいものであることが露顕している。

幸い、宿の者は近くにいなかった。六太郎は新八の失態に気づいた様子もなく答えた。

「心配《しんぺ》ぇいらねぇ。請け人になってくれるお人がいるのさ。だから安心して江戸で働けるぜ」

一同は「なるほど」、「さすがは六太郎兄ィだ」などと頷《うなず》きあった。

お兼は、(どうせろくでもない大悪党を頼るつもりなのに違いない)と思った。

おそらくは、江戸の闇を仕切る黒幕なのだろう。大悪党の手に乗って江戸で悪事を重ねるのだ。そのために遥々《はるばる》と、上野国の山の中から出てきたのである。

膝の上の藤吉が泣き声をあげた。腹を空かせているらしい。お兼は着物の衿《えり》を広げて乳を吸わせた。

江戸での成功を夢想する男たちは、母子に目を向けようともしなかった。

夕刻から続いた酒宴も、一時もしないうちにお開きになった。浪花講の旅籠は余計な酒を出さないし、客たちも早く寝静まる。

神竜一家の者たちも早々に床に就いた。疑わしい目で見られたくはなかったし、さしもの男たちも、長旅で足腰が疲れていたのだ。

四

男たちが寝床で鼾《いびき》をたてている。何時《なんどき》を報《しら》せるものなのか、大きな鐘の音が宿場に響いた。

お兼はその音で目を覚ました。

お兼が育った農村には時ノ鐘などという洒落《しゃれ》た物は存在していない。異様な物音に心底から驚かされてしまった。

酒の入った男たちは気づくことなく寝ている。いつの間にか雨も止んだようだ。宿の外も静かであった。

お兼は座敷中に視線を巡らせて、ハッとなった。

六太郎だけが起きていたのだ。柱に背を預けて座っている。欄間から差し込むわずかな明かりが六太郎の黒い影を際立たせていた。

(いったいどうして、ヤツは眠らないんだろう)

布団の中から様子を窺《うかが》っていると、今度は旅籠の階段をギシギシと踏む足音が近づいてきた。

「もうし、起きていなさるかね?」

旅籠の主人が申し訳なさそうに声をかけてくる。六太郎は暫《しば》し様子を探ってい
るようだったが、
「起きているよ」と、答えた。
主人がそっと、障子を開けた。
「天満屋さんという商人さんが、あんたに会いたいといって来たのだが……。上
物の絣《かすり》を着た、たいそう立派そうな商人さんだよ」
六太郎の黒い影が頷いた。
「天満屋さんなら心配はいらねぇ。俺たちを贔屓《ひいき》にしてくださるお人さ」
帷子の裾を払って立ち上がる。
「浪花講の旅籠での夜話は迷惑だろう。まだ宵の口、宿場には暖簾を上げてる店
もあるだろうぜ。ちょいと出てくるよ」
六太郎は座敷を出ると、階段を降りていった。旅籠の主人が後に続いた。
お兼は布団の中で眉根をひそめた。
(天満屋？　誰だろう)
権太夫の口からも、そんな名前が出たことはない。
お兼は息をひそめながら布団を出た。静かに障子を開けて階下の様子に耳を澄

ませる。天満屋なる人物は外の通りで待っているようだ。六太郎が土間から外に出た気配が伝わってきた。

お兼は窓に寄ると、雨戸に手をかけた。雨戸を開けると音もなく屋根に飛び移る。屋根に出ると同時に、開けた雨戸は後ろ手で閉める。権太夫に鍛えられた偸《ちゅう》盗《とう》の技だ。わずかな物音すら立てなかった。

瓦は屋根にのせられているだけなので迂闊《うかつ》に踏むと音を立てる。下手をすると瓦のすべてが屋根板の上を滑り、雪崩《なだれ》を打って落下して、屋根の上にいた者も、足場を失って地面に転落したりする。

しかしお兼は馴れたものだ。注意深く瓦の縁を踏んで歩いていく。体重が軽いこともあって、ほとんど音を立てなかった。屋根の端まで進み、そこで身を屈めた。

（いる……！）

旅籠の前の街道に六太郎ともう一人、恰幅《かっぷく》の良い五十ばかりの商人がいた。旅籠の主人が見立てた通りに上物の単《ひとえ》姿、絽《ろ》の夏羽織まで着けている。豊かな商人の格好だ。腰から下げた莨《たばこ》入れも金がかかっているようであった。

六太郎は商人にヘコヘコと頭を下げている。口元には卑しげな愛想笑いまで浮かべていた。

　かつての六太郎は、いつもこんな顔をして、権太夫の前で平身低頭していたものだった。権太夫が健在の頃は、お兼にだって卑屈な会釈を忘れなかった。

（六太郎め、今度はこの天満屋っていう親分に取り入ろうって魂胆かい）

　お兼としては、そのツラに唾でも吐きつけたい気分だ。

　天満屋と六太郎は連れ立ってどこかへ歩いていく。二人の背中が闇の中に消えた頃合いを見計らって、お兼は屋根から飛び下りた。

　板橋宿は遊里だ。夜中でも酔客や遊冶郎《ゆうやろう》たちがそぞろ歩いている。しかし屋根から下りるお兼の姿を見咎《みとが》めることができた者は一人もいなかった。

　お兼は二人を追って闇の中を走った。

（どこへ行った？）

　気配を探り、次いで思案を巡らせる。ふと見上げると大きな榎《えのき》の木が見えた。頭上に枝葉を広げている。

（確か、この榎の根元に小さな神社があったはず）

　お兼は板橋宿に入った時、その地形や建物の立地などを事細かに、しかも無意識に脳裏に刻み込んでいた。それが女悪党として生き残るための術《すべ》だったからだ。

（誰にも気づかれることなく、内密の話をしたいと思ったら、あの祠《ほこら》あたりが良さそうだね）

同じ悪党同士、考えそうなことは読み取れる。お兼は神社へと走った。

上州から出てきたばかりのお兼は知らぬことであったが、その榎は〝縁切り榎〟と呼ばれていて、悪縁を断ち切るのにご利益があるとされていた。板橋宿の名物の一つである。根元の祠には、夫や妻と離縁したいと願う者たちの手で、絵馬や短冊が結ばれていた。

その祠の陰に問題の二人の姿があった。お兼は二人の声を聞き取ることのできるギリギリの距離にまで近づくと、身をひそめた。

二人の声が夜風に乗って聞こえてくる。

「昔のことを忘れずに、よく戻ってきたものだね」

天満屋の声だろう。見た目同様に貫禄のある声音だ。六太郎はひたすらに低頭している。

「へい、元締から受けた恩義を忘れたことなんざただの一度も……。『よく戻ってきた』なんて言って頂けるとは夢にも……」

「違うよ」

天満屋が六太郎の口舌を遮《さえぎ》った。静かな口調だが、まるで鉈《なた》を打ちおろしたような恐ろしさだ。

「やつがれが『よく戻ってきた』と言ったのは、『よくもおめおめと、やつがれの前にその顔を出せたものだな』という意味だよ」

六太郎は目を剝《む》いて後ずさりした。

「ま、待っておくんなせぇ！　あ、あっしは元締を裏切ったわけじゃあ――」

「まぁ、いい」

天満屋は腰の莨入れから煙管を取り出すと、祠の常夜灯で火を付けて、一服つけた。悠然たる物腰で、六太郎が逃げだす気になれば、いくらでも逃げる隙はあったはずだが、六太郎は身を震わせたまま立っている。

お兼は六太郎という男の本性が、強面《こわもて》の押し出しに似合わぬ小心者だということを知っていた。天満屋の迫力に気合負けして、足が萎《な》えてしまったのだろうと推察した。

天満屋はフーッと紫煙を吐いた。

「昔の不義理は許そうじゃないか。大層な手勢を手懐《てなず》けて戻ってきたようだし、その子分衆をやつがれに預けたいという申し出も、まぁ、やつがれにとっては都合の良い話だ。その心根に免じて、昔のことは水に流そう」

「あ、有《あ》り難《がて》ぇ！　元締、あっしは元締のためなら、身を粉にして働かせていただきやすぜ！」

天満屋はしらけきった顔つきで六太郎を一瞥《いちべつ》したが、六太郎は一人で欣喜雀躍《きんきじやくやく》している。

「手前と、手前の子分どもを宜《よろ》しくお引き回し願いやす！」

（手前の子分ども、だって……？）

聞き捨てならない物言いだ。六太郎はいつから神竜一家の頭目になったというのか。

とはいえ、格別の怒りも湧いてはこなかった。（ついにそういうことになってしまった）という諦観《ていかん》があるばかりだ。

権太夫を失った神竜一家は、結局のところ誰かが頭目となって束ねていかねばならない。それができるのは六太郎だ。女の自分や、まして赤ん坊の藤吉にできる仕事ではなかった。

六太郎は天満屋という大親分の傘下に入って、江戸での暮らしを立てていくつもりなのだろう。天満屋と六太郎なら、神竜一家の者どもに飯を食わせてやることができる。しかしお兼にはそれができないし、しようという気力も湧いてこない。

（仕方のないことさね）

流れに棹《さお》を差せば自分が川に突き落とされるだけだ。お兼は苦労人である。社会の冷酷な道理を嫌というほど知っていた。

六太郎は喜色満面、天満屋にすり寄った。

「早速ですが、お指図をお願《ねげ》ぇいたしやす！　あっしらは懐の具合が良くないんでさぁ。天満屋の元締のことだ、すでに目をつけていなさる商家のひとつやふたつはおありでしょう。あっしらが討ち入って、金目の物を残らず奪い取って参りやすぜ！」

天満屋は首を横に振った。

「まあ待て。そう焦るもんじゃない。焦ったらろくなことにはならないよ。特に、今の江戸ではね」

「と、言うと……？」

「上州の在で山賊まがいのことをしていたお前は知らないだろうが、江戸には八巻という恐ろしい同心がいるんだ。南町の八巻だよ」

「へぇ……」

「なみいる江戸の大悪党たちが、八巻のお縄にかかってしまったのさ」

「へぇ、そいつぁおっかねぇ」

「急《せ》いては事をし損じるの謂《いい》もある。まずはゆるゆると策を練ることさ」

「へぇ。でも、あっしにゃあ、そういうまだるっこしいやり方は、どうも性に合わねぇんで」

「今は神竜一家をまとめておくことだ。当座の食い扶持《ぶち》ぐらいは出してあげよう。江戸での塒も用意した」

「そいつぁ有り難ぇ」

「今の江戸は、八巻のせいで悪党どもが一掃されておる。逆に言えば稼ぎ時ということだな。今なら、江戸で悪党どもの顔役に成り上がるのも、そう難しい話ではない」

「それを聞いて、俄然、意気が上がって参りやした」

「ただし、八巻を出し抜くことができればの話だぞ」

それから二人は小声で何事か囁《ささや》きあった後で別れた。六太郎は旅籠に戻っていく。

　お兼は、天満屋の後を追《つ》けようか、と思案したのであるが、やめた。尾行に自信がないわけではないが、相手もまた、海千山千の大悪党だ。万が一にも尾行が露顕して、討たれでもしたら——、

（藤吉はどうなるのさ）

　そう思い当たったとき、恐怖で身が竦んだ。

　お兼は急ぎ足で旅籠に戻った。屋根に飛び移って雨戸を開け、座敷に忍び込む。六太郎より早く帰れるかどうか心配だったのだが、何のことはない。六太郎よりもずっと早く、寝床に潜り込むことができた。

　六太郎は上首尾に安堵《あんど》したのか、布団に入るとすぐに高鼾をかき始めた。

　お兼は布団の中で思案した。

（南町の八巻と言っていた……）

　あの天満屋という大悪党でさえ、恐れをなすほどの辣腕《らつわん》同心であるようだ。もちろん六太郎など、物の数ではないだろう。

（南町の八巻様のお袖にすがれば……）

　あるいは、自分たち母子も救われるかも知れない。そうお兼は考えた。

五

天満屋なる男の手配りで神竜一家は、本所、横川町の長屋に住み着くことになった。

しかし、大勢の子分たちを一ヵ所に集めておけばいかにも目立つ。噂にもなるだろう。天満屋の元締は抜かりなく、方々の貧乏長屋に神竜一家の子分たちを分けて住まわせた。

（まったく、手際の良いことさね）

お兼は感心するばかりだ。お兼にも贋《にせ》の往来手形が渡されて、上州の樵の後家ということで、狭い長屋を借りることができた。

江戸の町人は誰でも何かの仕事に就いていなければならない。仕事についていない者は無宿者として捕縛される。

お兼が選んだ仕事はお針子であった。古布《ふるぎぬ》を縫い合わせて着物に仕立てるぐらいなら自分にもできる。一家の男たちの繕い物はお兼の仕事であったからだ。

同じ長屋に住まう人々には一通りの挨拶をしたが、しかし、遊女や山賊の情婦をしていた女が、そう易々《やすやす》と町人暮らしに馴染めるものでもない。

長屋の住人たちも、お兼と似たりよったりの流れ者だ。人別帳だって、本物なのかどうかわかったものではない。皆、顔を合わせないように暮らしているような有り様だった。

そんなある日、富蔵が目を怒らせながら、お兼の長屋にやって来た。

「まったくみんな、どうしちまったってんだ！」

激しく憤っている。

「権太夫親分から受けた恩義なんか、忘れちまったみたいだぜ！」

お兼は呆《あき》れた。死んでしまった親分なんかにいつまでも忠義立てして何になるのか。

富蔵は悪い男ではないが、やっぱりちょっとばかり智慧《ちえ》の足りないところがある、とお兼は思った。

（だけど、逃げるのなら、この男の手を借りるしかない）

お兼は一家からの足抜けを考えていた。権太夫が死んでから、ずっと思案してきたことだ。

しかしこれまではどうしても踏ん切りがつかなかった。女が一人で、赤子を抱えて生きていけるとはとても思えなかったからだ。

(だけど、このお江戸は違うよ)

江戸に出てきて気づかされた。江戸なら寡婦《かふ》でも生きていける。それだけの豊かさがあり、仕事があった。

お兼は長屋の床に寝かしつけられた我が子を見た。

(藤吉だけは、悪党になって欲しくない)

藤吉の物心がつく前に、神竜一家と手を切らねばならない。いつまでも神竜一家と一緒に暮らしていたら、藤吉は必ず悪の世界に染まってしまう。

(それだけは嫌だ。藤吉を悪党なんかにするものか)

逃げ出さねばならない。毎日お兼は、そのことばかりを考えていた。

(だけど、あの六太郎と、天満屋の目を欺《あざむ》くことができるだろうか)

逃げきることができなければ、藤吉ともども裏切り者として始末される。それが悪党の掟だ。一家には屈強な男どもが揃っていた。蝮ノ文次のような凶悪な男もいた。

(藤吉を抱えて逃げるのは、そうそうできることじゃない)

お兼も女盗賊として鳴らした身だ。この難事を成し遂げるためには十分な策を練らねばならないと感じていた。

（やはり、八巻様しかいない……）

江戸一番の切れ者同心、八巻の袖にすがる。せめて、藤吉だけでも託すことができれば、この身はどうなろうと構わない。

お兼は富蔵に顔を向けて訊ねた。

「お前はどうするんだい。これからも悪党を続けていくつもりかい」

その問いに富蔵は表情を曇らせた。

「一家には義理がある。だけど、オイラは……」

富蔵は貧しさに堪《た》えかねて悪の世界に堕ちてきた男だ。真っ当な暮らしが成り立つのなら、身を粉にして働くことも厭《いと》わないだろう。楽して大金をせしめることばかりを考えている悪党どもとは気質が違うのだ。

お兼は富蔵を叱った。

「そんな情けない顔をするんじゃない。六太郎に折檻《せっかん》されるよ。さぁ、お前にも仕事があるんだろう。もうお帰り」

富蔵はうなだれたまま、自分の長屋に帰っていった。

富蔵の四角い背中を見送っていたそのとき、お兼は何者かの視線を感じて振り返った。

サッと物陰に引っ込んだ影があった。

（あれは……、新八？）

六太郎の腰巾着《ぎんちゃく》のように振る舞っている小悪党だ。

（どうしてあたしを……。そうか、六太郎の言いつけで見張っていたのか）

こっちが六太郎を信用していないのと同様に、六太郎もこっちを信用していないということだ。

いよいよ油断がならない。六太郎はお兼と藤吉をどうするつもりでいるのか。また、女衒《ぜげん》にでも売られてしまうのか。お兼はこれまでに何度も、人買いに売られた。

（藤吉だって危ない）

急がなければならない、とお兼は思った。

二日後の夜、お兼は富蔵を自分の長屋に呼びつけた。昼間のうちにこっそり会って、夜四ツ半（午後十一時ごろ）に訪ねてくるように言いつけたのだ。

「な、なんですね、姐さん……」

秋とはいえ、夜になっても残暑が厳しい。富蔵は満面に汗を流しながらやって来た。義理堅いことで、長屋の戸口から中へは入ってこようとはしない。権太夫の情婦だった女がいる部屋には入ることはできない、と考えているようだ。

「早くお入りよ。人目につくじゃないか」

お兼は富蔵の腕を摑むと、長屋に引っ張りこんで障子戸をピシャリと閉めた。

とはいえ、この安普請だ。障子戸を閉めたぐらいでは話し声が漏れるのを防ぐことはできない。

お兼は火打ち石を打って火を付けた。付け木は新八から押し売り同然に買わされた物だ。その火を行灯《あんどん》に移した。

お兼は恐縮して突っ立ったままの富蔵を座らせた。富蔵の影が障子に映るようにする。この部屋に富蔵が来ていることを、外に潜んでいるはずの者に故意に知らせるためであった。

「良く来てくれたね。茶も出せないけど堪忍おしよ」

富蔵は困った顔をして首を竦めた。

「な、なんの話があるんですね。……こんなこたぁ言いたかねぇが、オイラの周りにゃあ、一家の若いのが張りついてるみてぇだ。六太郎の指図で見張っているのかもわからねぇ。姐さんと会っていることが知れたら面倒なことになりやすぜ」

「おや。お前も気がついていたのかい。でも大丈夫さ。あたしの周りには近づかないよ。叱りつけてやったからね」

嘘である。きっと今も近くに潜んで、富蔵との会話を聞き取ろうとしているはずだ。しかし富蔵は、

「さすがは姐さんだ」

と言って、納得した顔つきであった。

富蔵はきっちりと正座している。太い脚の上に両手の拳を揃えていた。

「富蔵」

お兼は富蔵の手を握った。

「あ、姐さん……？」

富蔵は心底仰天しきった顔つきで、その手を引っ込めようとした。お兼は尚もきつく、富蔵の手を握った。

「お前はこれからどうする気なんだい。悪党を続けるつもりなのかい」

富蔵は切なそうに顔を伏せた。お兼は続けた。

「悪党をやっているのが嫌になったんじゃないのかい」

「そ、そんなこたぁ……」

「実を言えばあたしはね、悪党暮らしはもう懲《こ》り懲《ご》りだと思ってるのさ」

「姐さん？」

富蔵がハッと目を見開いた。

「一家から足抜けしようってお考えなんですかい」

お兼は頷いた。

「この江戸に出て来てつくづく思った。この江戸でなら、貧しい者でも真っ当に暮らしていけるんだ。一日働けば、一日分食って、屋根の下で寝られるだけの稼ぎを得られるんだよ」

それを聞いた富蔵は、真剣な顔つきで膝を進めてきた。

「オイラもだよ姐さん！　オイラもそう思ってたところさ。だけど……」

「だけど、なんだい」

「江戸って所は、人別帳がないと誰も雇っちゃくれねぇ。天満屋の元締が人別帳をこしらえてくれたから、オイラでも生きていけるけど、人別帳がなかったらどうにもならねぇ」

江戸の悪党はこうやって、大親分に繋《つな》ぎ止められている。

「心配いらないよ」

お兼は富蔵の目をキッと見据えた。

「人別帳ぐらい、金さえ出せばいくらでもこしらえてもらえるさ。天満屋じゃなくても贋の人別帳を作ってくれるお人がきっといる」

「でも、金がなくちゃあ裏稼業のモンは動いちゃくれねぇですぜ。人別帳を作ってもらうには大枚が要りようだ。そんな大金がどこに……」

「それがあるのさ」

お兼は緊張で顔を引きつらせながら言った。

「権太夫の隠し金があるんだよ」

「えっ」

富蔵が両目を見開く。

「そんな金が？」

「ああ、ある。権太夫はお前たち子分にも知らせちゃいなかったけどね。あたしは権太夫の女さ。藤吉が生まれた時にね、権太夫が『俺に万が一のことがあったら、この金で藤吉を育てろ』って、言い残したのさ」

富蔵は愕然《がくぜん》として声も出ない。お兼は大きく頷いた。

「その金を使えば人別帳だって手に入るんだ。それに、小商いを始める元手にだってなるよ」

「小商い？　江戸で店を構えることができるってんですかい？　いったいどれぐらいの額なんで」

「権太夫が荒稼ぎしていたのは知ってるだろう。あたしもはっきりとはわからないけど、相当なもんさね」

「それで、隠し金ってのは、どこに……」

お兼は、意味ありげに微笑むと、藤吉に目を向けた。長屋の床に寝かされた藤吉がスヤスヤと寝息をたてていた。

「藤吉の産着に、秘密の地図が縫いつけてあるんだ」

長屋の外で空気が揺れた気配がした。しかし富蔵は気づいていない。

お兼は富蔵の手をきつく握った。

「富蔵！　あたしと逃げとくれ！　あたしと藤吉を、神竜一家から逃がしておくれな！」

「ね、姐さん！」

「嫌だってのかい」

「嫌だなんて、そんなこたぁねぇ！」

富蔵は、お兼と所帯を持って、商家の主になれると思い込んだようだ。商家の主は別としても、お兼と所帯を持つことは富蔵の夢だったのに違いない。

「わかりやした！　姐さんのためなら、オイラ、火の中だろうが水の中だろうが怖くなんかねぇ」

感激で声を詰まらせながら、富蔵は何度も頷いた。


「姐さん、急いで！」

夜の闇の中、富蔵が先に立って進んでいく。

お兼も気が急《せ》いたが、そこは女の弱足だ。しかも藤吉を抱いている。暗い夜道で足元もおぼつかない。転んでしまって藤吉に怪我をさせたりしたら大変だ。

（このまま逃げきることができれば……）

富蔵と本気で所帯を持ってもいい、と、お兼は思った。馬鹿な男だけれども、だからこそ富蔵は可愛い男であった。

（だけど、神竜一家はそんなに甘くはないだろうさ）

権太夫の情婦だったお兼は、一家の者どものすばしっこさと油断のなさを知り尽くしている。

横川の掘割端まで逃げた辺りで案の定、怪しい気配が追いすがってきた。

まるで夜行性の獣である。いくつもの人影が、闇の中を凄《すさ》まじい速さで走ってきた。元々が山中で樵や猟師をしていた者どもだ。闇の中の障害物など軽く飛越えながら迫ってくる。

「畜生ッ、もう来やがった！」

富蔵が決死の覚悟で踏み止まり、お兼と藤吉を背後に庇《かば》った。

「姐さん、先に行っててくれ！　ここはオイラがなんとしても凌《しの》いでみせる！」

富蔵は懐の匕首《あいくち》を抜いた。

お兼は（許しておくれ）と詫びながら、藤吉を抱いて走った。その直後、背後から戦いの気配が伝わってきた。

富蔵も、一家の男たちも、人目を憚《はばか》る悪党たちだ。近在の住人には気づかれぬように戦わねばならない。さすがは神流川の神竜一家であった。無言で鎬《しのぎ》を削りあっている。

お兼は走った。富蔵が楯となって戦っているうちに、この子を逃がさなければならない。

（八巻様の許へ……）

夢中でどれぐらい走ったのだろうか、番屋の明かりが目に飛び込んできた。

自身番が町奉行所の支配だということは知っている。

（番太郎に預ければ、きっと八巻様に届けてくれるはず）

富蔵も殺された頃だろう。急がなければならない。お兼は番屋の前に立った。

「もうし、お頼み申します」

月が雲から顔を出した。髪を乱し、面差しの窶《やつ》れたお兼の美貌を白々と照らした。

六

お兼は我に返った。流れ宿《ぐ》の布団の上に座っている。

（あの後、あたしは身投げをするつもりだった）

富蔵を騙《だま》し、楯として使った。殺された富蔵に申し訳が立たない。約束通りにあの世で富蔵と所帯を持つつもりだったのだ。

しかし、死のうとして死に切れるものではなかった。藤吉の身が案じられてならず、とてものこと、藤吉をおいて先立つことなどできなかった。

（すまない、富蔵……）
罪の意識が身を苛《さいな》む。
（この敵《かたき》は必ず晴らしてやるからね）
六太郎一家を殲滅《せんめつ》するのだ。
そうすれば藤吉を狙う者もいなくなる。藤吉は無事に育ってくれるだろう。
（あたしも思い残すこともなく、あんたの待ってる所へ行けるよ）
お兼は目を閉じて涙を拭った。

第四章　隠し金の産着《うぶぎ》

一

「さぁて、困ったねぇ」

卯之吉は、本人としては困惑しきりだったのであろうが、傍目《はため》には春風駘蕩《しゅんぷうたいとう》とでもいうのか、呑気《のんき》そのものに蕩《とろ》けきった顔つきで独りごちた。

八丁堀の屋敷で文机《ふづくえ》にだらしなく肘をのせ、頬杖などついている。

座敷には銀八も侍《はべ》っていた。

「なにが困ったのでげすか」

卯之吉は台所のほうに目を向けた。今日も盛大な泣き声が聞こえてきた。

「あの赤ん坊だよ。清水町の仏様の身元がわかれば、赤ん坊を返すことができるだろうと思ってたけど、ああいうことになっちゃっただろう」

「さいでげすな」

「いよいよ本腰を上げて産女《うぶめ》探しをしなくちゃならなくなったんだ。これはたいそう困ったことだよ」

「さいでげすな」

「そもそもあたしはお化けとか、そういうものが苦手なんだ」

「それは知っているでげす」

「とは言うものの、このままじゃあ、あの赤ん坊が可哀相だからねぇ。どういう事情か知らないが、産女のおっかさんを見つけ出してやらないことには」

「産女には、産女なりの事情ってもんがあるのでげしょうか？」

「そんなこと、あたしに聞かれたってわかるもんか。さて、行くとしよう」

卯之吉は億劫《おっくう》そうに立ち上がった。

片開きの扉を銀八に開けさせ、表の通りに出たとき、卯之吉はふと、通りの彼方にいた女の姿に目を止めた。

「おや？　あのお人は」

「どなたでげす」

銀八は目を向けた。女が通りの角を曲がるのが見えた。

「あのお女中が、どうかなすったんでげすか?」

「うーん……。本所の墓場に行った時にも、あのお人を見かけた気がするんだけどねぇ」

「へぇ? きっと、どこかのお屋敷に奉公している女中さんが、お使いで走らされたのでげしょうよ」

「そうかもね」

卯之吉はまったく気にする様子もなく歩きだした。

銀八は(こんな遠目で人の顔が見分けできるはずもないでげす)と思っていたので、若旦那の思い過ごしだと決めつけてしまった。

卯之吉は入江町の番屋を覗《のぞ》き、赤ん坊を預かった助次郎から話を聞き出そうとした。しかし番屋に助次郎の姿はなかった。

番屋に詰めていたのは町役人《ちょうやくにん》で、六十歳ほどの老体だった。近くの長屋で大家を務めているという。大家たちで寄合を作り、月代わりで町役人を担当しているのだ。

助次郎は、昼間は寝ているとのことだ。夜番の者だから当然の話だろう。

「起こして参りましょう」

町役人が腰を上げかけたので、卯之吉は止めた。

「寝ているのを起こしたのでは可哀相だ。寝かせておいてあげよう」

「これは有り難いお志でございます」

「なぁに。あたしもね、もっとゆっくり寝ていたいのに、いつも、この人に叩き起こされているものだから。眠りを妨げられる辛さは身に沁みているのさ」

銀八にチラリと目を向ける。銀八は呆《あき》れた。同心なのに職分も弁《わきま》えず、昼過ぎまで寝ていようとするほうが悪い。叩き起こされるのが当然ではないか。

卯之吉は番屋の框《かまち》に腰を下ろした。町役人が淹《い》れてくれた茶を手にして訊ねる。

「助次郎さんが、産女から赤子を預かったって話は、聞かされているかねぇ」

「産女……？」

町役人は卯之吉の言う産女とは比喩であろうと理解して、調子を合わせた。

「あ、はい。産女のように不気味な女から赤ん坊を預けられ、八巻様のお手許にお届けにあがった、とは、伺っておりますが」

「その産女だけど、その後も番屋に来ているようかね？」

「いいえ。その女がまた現われたなどとは、助次郎は言っておりませんでしたな」

「この近所で子供が迷子になったとか、神隠しにあったとかいう話は？」

「聞いておりません。迷子や神隠しがあれば、町中で大騒ぎになりますからね。町役人の手前が知らないということはございません」

「そうだろうねぇ」

卯之吉はズズッと茶をすすった。

「あたしもねぇ、正直困っちまってるのさ。赤ん坊なんかを預けられてもねぇ」

「ご迷惑様でございます」

「ただの子ならまだ良いけどさ、産女の子だろう？　大きくなったらどんな妖怪に育つものやら、考えただけで身の毛がよだつよ」

町役人は困り顔で笑った。

「八巻様はご冗談もお上手でございますなあ」

半ば本気で言っているなどとは、夢にも思っていなかったのだ。

番屋の障子戸はいつも開け放たれている。框に腰掛けた卯之吉の姿は通りからも良く見えた。

それに気づいて顔色を変えた行商人がいた。

（八巻だ……！）

行商人は咄嗟《とっさ》に笠を伏せると、そそくさと番屋の前を通りすぎた。

「こりゃあ、大事だぜ」

尻を捲《まく》って小梅村の隠れ家へと走った。


神竜一家の一党は、お兼に逃げられてすぐに、横川町を引き払い、小梅村へと隠れ家を変えた。お兼が奉行所に逃げ込んで「畏《おそ》れながら」と訴え出ることを恐れたからだ。

「ろ、六太郎兄ィ――いや、親分！」

行商人は肩の荷を下ろすと汚れた足を濯《すす》ぐのももどかしく、泥だらけのまま屋敷に上がって座敷に走った。

「幸三《こうぞう》か。どうした、そんなに慌てやがって」

座敷に座っていた六太郎が不機嫌そうに眉根を寄せた。幸三は急いで廊下で平伏した。

「親分、八巻が……」

満面に汗を滴らせながら唇を震わせる。

「八巻の野郎が、まだ、しつこく、本所の辺りを嗅《か》ぎ回っていやがるんでさぁ」

「なんだとッ……！」

六太郎の顔色も変わった。畳を蹴立てながら廊下まで走ってきた。

「やいッ、幸三！」

両腕を伸ばして幸三の衿《えり》を摑むと、きつく絞り上げる。

「どこで八巻を見たって言うんだ！」

「へ、へい、入江町とかいう、あのあたりの番屋で……」

「入江町だと？ 富蔵を殺した横川の下手《しもて》じゃねぇか！ 富蔵の死体が流れ着いた場所にも近いぜ」

元々は江戸者だった六太郎には本所界隈《かいわい》の土地勘がある。

「八巻は、いってぇ、何を探っていたっていうんだい！」

「そんなこと、オイラに聞かれても……苦しいッ、放しておくんなさい」

六太郎は幸三の衿を思い切り突き放した。幸三は廊下で尻餅をついて咳きこんだ。

「やいっ幸三、手前《てめ》ぇが見たのは確かに八巻だったんだろうな！」

「へい。いくら田舎者のオイラでも、あの同心を見間違えるわけがねぇ。あんな色男は旅役者でも見たことがねぇですぜ」

「くそっ」

六太郎は座敷に戻ってドッカリと胡座《あぐら》をかいた。苛立《いらだ》たしげに爪など噛みながら思案する。子分に見せられた姿ではない。それほどまでに悩まされていたのだ。

「番屋にいた、ってこたぁ、番屋の者と話をしていたってことだろう。なにを話していやがったんだ」

「そんなこと、わからねぇ」

「どうして聞き取ってこねぇんだ！」

「だって……。八巻の居合斬りは目にもとまらぬ早業だっていうじゃござんせんか。おっかなくって八巻の近くになんか寄れたもんじゃねぇですよ」

「もういいッ」

六太郎は手を振って幸三を追い払った。

（ちっくしょう！　ちっくしょう！）

胸の中で何度も毒づく。どうやら八巻は、新八の死体が出てきた程度では納得しなかった様子だ。

（どこまで鼻の利く野郎なんだ！）

なんとかせねばならない。六太郎は後手に回った自分を実感していた。八巻は何手も先に進んでいるように思えた。

（せめて、野郎がなにを考えているのかさえわかれば——）

と、そこまで思案を巡らせて、ハッとした。

（ヤツは、入江町なんかで、何を探っていやがったんだ？）

富蔵が殺されたのは横川の上流。死体が流れ着いたのは清水町。その頃に神竜一家の隠れ家があった横川町はさらにもっと北に位置している。八巻はずっと南の方を嗅ぎ回っていることになる。

「入江町に何があるっていうんだ……」

瞬間、六太郎の顔つきが変わった。

「お兼だ！」

お兼は富蔵を楯《たて》に使って自分は南へ逃げたのかもしれない。

「そして、入江町で何かの手掛かりを残しやがったんだ。八巻はそれを探っているのに違《ちげ》ぇねぇぜッ」

六太郎の心は逸《はや》った。

お兼は富蔵との密会の際、権太夫の隠し金について語った。隠し場所を示した地図が藤吉の産着《うぶぎ》に縫いつけてあるという。

「八巻を追えばお兼にたどりつける！　藤吉の産着もこっちのもんだ！」

などと叫んだところで、容易ならぬ事態に気づいて、またも六太郎の顔色が変わった。

「……つまりは、こっちから八巻に近づかなくちゃならねぇってことかい」

恐怖のあまりに腰が抜けそうになった。

八巻のことだ、すぐにもお兼の隠れ場所を捜し当てることだろう。藤吉の身も南町奉行所が押さえることになる。そうなったら最後、大事な産着を手に入れることはできない。不可能ではないが、限りなく難しい。

神竜一家と六太郎は、八巻の探索を尾行しながら、八巻がお兼の居場所を見つけ出し、乗り込む寸前に先回りをして、藤吉を攫《さら》わなければならない。

（そんなことが、できるのかよ……）

しかし、やらなければならない——と六太郎は決意した。さもないと権太夫の隠し金は、永久に行方知れずになってしまう。

（とにかく、八巻には、人を張りつけなくちゃならねぇ）

神竜一家の子分たちの中から、目端《めはし》が利いて逃げ足の早い男を選び出す必要があった。六太郎は悩みに悩みながら人選を始めた。

二

六太郎が選んだのは赤鬼《あかおに》ノ一郎《いちろう》と黒鬼《くろおに》ノ二郎《じろう》と呼ばれる兄弟であった。兄の一郎が二十五、弟の二郎が二十一歳である。

実の兄弟ながら顔つきはまったく似ていない。色が白い上に血の気が多くて、怒ると顔面が真っ赤になる兄と、地黒で無表情な弟だ。両人とも鬼と呼ばれるぐらいであるから、冷酷非道な悪党であることは間違いない。

兄弟は神流川沿いの中里《なかざと》村で生まれたのだが、兄の方は富岡の商家に奉公に出された。お店者として育ったので色が白い。

一方の弟は猟師として育った。顔は陽に焼けて真っ黒だ。大猿《ましら》のようにすばしっこくて、腕力も恐ろしく強かった。

弟の方が先に神竜一家に入り、権太夫の指図で富岡の商家を襲撃した。そこで兄との劇的な再会を果たしたのだ。

兄も商人修業には飽き飽きしていたようで、弟の伝《つて》で神竜一家に加わった。赤鬼ノ一郎は商家で読み書きとそろばんを習っていたから、商人の真似事ぐらいはできる。それを良いことに襲撃先の商家に前もって潜入したりもする。弟の方はその商家の屋根裏などに忍び込んで、兄と繋《つな》ぎをつける役目を果たしていた。どちらも油断のならない悪党どもであったのだ。


赤鬼ノ一郎は日中に堂々と、入江町の番屋を訪ねた。

「ちょっとお訊ねもうします」

荷を背負って商人の姿を装っている。柔和《にゅうわ》な顔つきさえ取り繕っていれば、真っ当な商人に見える赤鬼なのだ。

「手前は上州富岡の絹問屋の手代にございますが……」

町役人の老人が顔を上げた。

「なんだい。道に迷ったのかい」

「いいえ、そうじゃございません。先刻、こちらを通りかかった際に、黒巻羽織姿の同心様をお見かけしたのですがね」

「それがどうかしたかい」

「もしや……」

赤鬼ノ一郎の目つきが少しばかり険しくなった。

「あの同心様は、南町の八巻様ではなかったか、と思いまして」

「そうだよ。八巻様のお見廻りだ」

町役人は少しばかり訝《いぶか》しそうに一郎を見た。

「それがなんだっていうんだい」

赤鬼ノ一郎は慌てて柔和な顔を取り繕った。

「はい。手前は上州から出てきた田舎者。お江戸で大層なご評判の八巻様のお姿を、是非とも一度は見てみたい、などと日頃から思っていたものでございますから」

「なるほど、それで確かめに来たってわけかい」

「はい。良い土産話ができたと喜んでおります」

「それは良かったね」

一郎は探るような視線を町役人に向けた。

「それで……、八巻様はいったい、どういったお話をなさっていかれたのでしょう」

「なんだね。お上のお調べの中身を、なんだって知りたがるんだ」

「いえ、その、土産話に……」

町役人は「フン」と鼻を鳴らしたが、ふと、何を思ったのか訊ねた。

「お前ぇさん、上州の絹問屋の手代さんと聞いたが、この辺りの店とも商いがあるのかね」

「えっ、はい。お江戸のお商人衆《あきんど》には御贔屓《ひいき》にさせていただいております」

「なら、赤ん坊がいなくなったという話を聞いちゃいねぇか」

「赤ん坊？」

一郎の眼が一瞬光った。

「赤ん坊が、どうかしたんですかい」

「うん。神隠しにあったとか、迷子になったとか、そんな騒ぎを聞いちゃいないか。問屋の手代さんなら方々の町を歩いて廻っているだろう。どうだね」

「赤ん坊が、いったいどうしたんですか」

一郎は重ねて問い質した。町役人は困惑顔で答えた。

「いやね……。数日前の夜中にね、この番屋に赤ん坊を預けていった女がいたんだよ」

「女が！　赤ん坊を！」

一郎の顔に緊張が走る。

「それは、いったい幾つぐらいの、どんなツラつきをした女でしたかね」

町役人は不思議そうに一郎をみつめ返した。

「どうしたかね、そんな険しい顔をして」

「い、いや、我が子を置き去りにするような薄情な女は、いったいどんなヤツなのかと……」

町役人は一郎を凝視した。

「あんたの顔つき、尋常じゃないよ。その女に心当たりでもあるのか」

一郎の背筋にジワッと汗が滲《にじ》んだ。年寄りのくせになかなかの眼力だ。さすがは江戸の町役人ということか。話を先走りすぎたかと後悔した。

ここは何としてでも誤魔化さねばならない、一郎は必死に思案した。

「て、手前も幼いころ、親に捨てられたもんですから……。なんだか他人事《ひと》じゃねぇような気がしてきたのでございます……。それでつい、頭に血が昇ってしまいました……」

「ああ、そう」

町役人は驚いた顔つきになった後、いたわしげに頷《うなず》いた。

「あんたも苦労をなすったもんだね」

「へい。ですからその、赤ん坊を置き去りにした母親ってのが、どんな女なのかと気になりやして」

どうやら上手い具合に誤魔化すことができたようだ。町役人は続けた。

「ふむ。なんでも二十五、六ぐらいの、結構な顔だちの女だったっていうがね、赤ん坊を受け取った番太郎が言うには、髪を振り乱し、顔つきも凄《すさ》まじかったって話でね」

一郎は大きく頷いた。（お兼に間違いねぇ）と直感した。

町役人は一郎の顔つきには気づかずに喋り続ける。

「八巻様は、ご冗談にも『産女じゃないのか』などと仰ってねぇ……」

一郎は訊ねた。

「どうしてそこに八巻様が出てきなさるんですね」

「そりゃああんた、その赤ん坊を預かってるのが八巻様だからだよ」

「な、なんですって……！」

愕然《がくぜん》として顔面を紅潮させた一郎には目もくれず、町役人は語り続ける。

「さすがは八巻様じゃねぇか。見ず知らずの赤ん坊を引き取ろうなんて、並の同心様にできることじゃねぇ。頭が切れて剣の腕がたつばかりじゃねぇ。いつでも弱い者の身になって考えてくださるお人なのさ。まるで観音様みてぇなお人じゃねぇか。なぁ？」

「そ、それじゃあ、その赤ん坊は今も……」

「ああ。八巻様のお屋敷にいるはずだよ」

一郎は目眩《めまい》を起こしそうになって、二、三歩後ずさりをした。

「おや、あんた、どうした？　顔色が悪い」

「へい……。なんでもござんせん。こいつぁ良い土産となる話を聞かせていただきやした。それじゃあ、手前はこれで」

「ああ。どこかの赤ん坊がいなくなったって話を聞いたら、オイラか八巻様のところまで知らせておくんなさいよ」

「へい」

一郎はチラッと低頭すると、足早に番屋から立ち去った。

道を歩いていると黒鬼ノ二郎が駆け寄ってきた。一郎は二郎に確かめた。

「今の話、聞いていたな」

「聞いてた。……兄貴、なんだかとんでもねぇ雲行きになってきやがったな」

「ああ。すぐにも六太郎親分に報《しら》せなくちゃならねぇ」

「オイラ、ひとっ走りして八巻の屋敷を確かめてこようか」

黒鬼ノ二郎は身が軽く、上州では代官所の役人の屋敷に忍び込んで、捕り方の動きを探ったこともあった。

一郎は弟を止めた。

「六太郎親分から、八巻の屋敷には迂闊《うかつ》に近寄るなと言われてる」

二人は小梅村の隠れ家へと急いだ。

三

「藤吉が、八巻の屋敷に匿《かくま》われているだとォ！」

六太郎が立ち上がって目を剝《む》いた。

赤鬼ノ一郎が町役人から聞き出すことのできた話を、残らず六太郎に伝えたのだ。

「六太郎親分、お兼の女《あま》は、八巻と通じていやがったってことですかい」

六太郎は、どうにか心を落ち着かせて、考えを巡らせてから答えた。

「いや、そうじゃねぇだろう。そうじゃねぇはずだ」

お兼は上州に生まれ、中山道の宿場で遊女をしていた女だ。江戸の同心の八巻とは何の繋がりもないはずである。

「富蔵を殺されて切羽詰まって、番屋に駆け込んだだけに違ぇねぇ」

あの夜――、富蔵を始末した後で、六太郎たちは急いでお兼を追った。

赤ん坊を抱いた女など、すぐに追いつくことができると思っていたのだが、ついに見失ってしまった。

「番屋に藤吉を預けて、身軽になってから逃げたってわけか！　クソッ、お兼め！」

お兼を追わねばならなかったので、富蔵の死体の始末もなおざりになった。結果、富蔵の死体は下流の杭に引っかかって発見された。

「とんだ、虻蜂《あぶはち》取らずだぜ！」

六太郎は激昂《げっこう》し、近くにあった莨盆《たばこぼん》を蹴飛ばした。灰吹きが倒れて、中の灰が畳の上に飛び散った。

その灰吹きや煙管を拾い集めながら赤鬼ノ一郎が言った。

「それにしたって……。よりにもよって藤吉が八巻の預かりになるなんて……。なんだかオイラ、八巻っていう怨霊《おんりよう》にでも祟《たた》られているような気がしてきやしたぜ」

六太郎は赤鬼ノ一郎の物言いに身震いを走らせたが、すぐに厳《いか》めしい顔つきを取り繕った。「馬鹿馬鹿しい」と言いながらドッカリと腰を下ろした。

「こっちも江戸で一旗揚げようとしている身だ。いずれ八巻とは白黒つけなくちゃならねぇんだ。いちいちブルっていたんじゃ始まらねぇよ」

「へい。まったくだ」

赤鬼ノ一郎は莨盆を揃えると脇に置いた。

「それで、藤吉はどうしやす。二郎は八巻の屋敷に忍び込んでもいいって言っていやしたが」

六太郎は少しばかり思案してから続けた。

「そうだな……。どっちにしろ産着だけは取り戻さなくちゃならねぇ」

赤鬼ノ一郎は渋い表情になった。

「だけど親分、赤ん坊を攫うってのは容易じゃないですぜ。なんたって相手は、所構わず大声で泣きやがる」

「馬鹿野郎」

「へっ？」

「藤吉なんかどうだっていいんだよ。宝のありかは藤吉の産着に縫いつけてあるんだ。産着だけ取り戻しゃあいいんだ」

「あっ、なるほど」

「黒鬼ノ二郎はいるか」

へい、と答えて二郎が、廊下の障子越しに黒い顔を突き出した。

「聞いての通りだ」

「へい。八巻の屋敷に潜り込んで、藤吉の産着を盗んでくりゃあいいんですな。へへっ、お安い御用だ」

二郎は真っ黒な顔で、白い歯を見せて笑った。

赤鬼ノ一郎と黒鬼ノ二郎は、連れ立って八丁堀を目指した。

一郎はお店者風の姿で前掛けを着けている。二郎は紺色の半纏《はんてん》姿だ。傍目には、お店者と、商家に出入りの職人の二人連れに見えた。

一郎は歩きながら二郎に目を向けた。

「六太郎親分はああ言ったが、お前、十分に気をつけろよ。なんといっても相手は人斬り同心だ。忍び込んだのを覚《さと》られたらバッサリと抜き打ちにやられるぞ」

しかし二郎はなんの不安も感じていない様子で笑った。

「心配いらねぇよ兄貴。オイラ、岩鼻の代官役所に忍び込んだ時だって、誰にも気取《けど》られやしなかったからな」

二郎は良く日焼けした真っ黒な顔つきだが、神経質なまでに身綺麗にしている。着物も丁寧に洗濯する。体臭を消すためだ。

真っ白な歯も、口臭を予防するために熱心に歯磨きをするから、ここまで白くなったのである。二郎は敵地に忍び込むことに生き甲斐《がい》と誇りを感じていたのだ。

「江戸の役人がどれだけ偉《えれ》ぇかは知らねぇが、俺の隠形《おんぎょう》ノ術を見破れるわけがねぇぜ」

山野で生まれ育った者たちは、町の者より自分たちの方が敏捷《びんしょう》で強悍《きょうかん》だという自負を持っている。実際に神竜一家は野獣のような体力で里の者たちに恐れられていた。二郎もまた、ひ弱な江戸者など恐れるに足らずの気概に溢れていたのだ。

「だがな、二郎」

一郎は弟の向こう見ずな性格を知っているだけに心配した。

「八巻って野郎は、そんじょそこらの役人とはわけが違うらしいぜ。なんといっても江戸は侍《さむれ》ぇの都だ。満天下からお大名がご家来衆を率いて集まってる。その江戸で評判になるほどの剣豪なんだからな」

大名家の剣術指南役よりも強いと考えるより他ないだろう。

「わかってらぁ。そんならその剣豪の鼻をあかして、赤鬼黒鬼兄弟の名を上げてやるまでだぜ」

そろそろ八丁堀に差しかかる。

「ちょっとここで待っていろ」

一郎は稲荷の祠《ほこら》の陰に二郎を隠した。

武士の屋敷は町人の長屋とは違い、住民の名札など張られていないので、どこが誰の屋敷なのかが分からない。赤鬼ノ一郎は心得きった顔つきで、とある屋敷の門前で箒《ほうき》を使っていた小者に歩み寄り、八巻屋敷の場所を訊ねた。

一郎はお店者にしか見えない姿であるので、小者も警戒することもなく、教えてくれた。

一郎は小者に礼を言って別れると、稲荷の祠に戻ってきた。

「この通りを真っ直ぐに行って、二つ目の角を右に折れた三軒目だそうだ」

一郎は建ち並ぶ組屋敷に目を向けた。武士の拝領屋敷というものは、どれも同じ造りになっているので見分けるのが難しい。

「嫌な予感がする。気をつけろよ」

黒鬼ノ二郎は、「任せておいてくれ」と片手を上げて走り去った。

四

（ここが八巻の屋敷か……）

生け垣に囲まれ、片開きの扉のついた入り口の向こうに屋敷の屋根が見える。

（お江戸の町衆を仕切る役人の屋敷というから、どんな豪勢な御殿かと思って来てみれば、ずいぶんと見すぼらしい造りじゃねぇか）

町奉行所の同心は微禄の者だ。扶持米《ふちまい》は三十俵二人扶持しかもらっていない。身分が低いので敷地に塀を巡らせることも許されないし、門を構えることも許されなかった。

黒鬼ノ二郎は呆れた。

（上州の本百姓の方が、まだしも立派な屋敷に住んでるぜ）

上野国の農民は養蚕でたっぷりと稼いでいる。絹商いの商人の屋敷はさらに豪勢で立派だ。

貨幣経済の発達によって武士と商人の経済力が逆転している時代である。しかしそんなことまでは、黒鬼ノ二郎は理解していない。

（お粗末な屋敷なら、忍び込むのも、たやすいってもんだぜ）

などと考えてほくそ笑むばかりであった。

（八巻は奉行所に出仕しているかどうか。そこが大事だ）

役人には非番の日というものがあって、その日は一日中屋敷にいることもある。

（八巻が屋敷にいやがったら、さすがに厄介だな）

八巻が屋敷にいれば、すぐにそれとわかるはずだ。なにしろ八巻は剣豪である。暇さえあれば「えい、おう、えい、おう」と殺気走った声を張り上げて木剣や竹刀《しない》を振り回しているはずであった。

二郎は八巻屋敷の裏手へと廻り込んでみた。稽古の気配は伝わってこない。屋敷は静まり返っている。

武士の屋敷というものは人の気配が乏しくて死角も多い。二郎は経験からそれを知っていた。商家であれば表店《おもてだな》にも裏庭にも手代や丁稚《でっち》小僧がいる。蔵の前などはひっきりなしにお店者が出入りを繰り返している。忍び込むのは容易ではない。

それに比べれば武士の屋敷は、さながら無人の野を行くようなものだ。昨今の武士は困窮しているので、中間《ちゅうげん》や下男、下女を雇うことも難しい。八巻の屋敷も、誰一人として裏庭を出入りする者などいなかった。

（まったく不用心だな）

黒鬼ノ二郎は呆れたが、不用心なのも当然の話で、わざわざ同心の屋敷に忍び込む泥棒などはいないわけである。

黒鬼ノ二郎は易々《やすやす》と裏庭全体を見渡すことのできる場所まで踏み込んだ。身を屈めて庭の様子を窺《うかが》った。

（誰もいねぇようだぜ）

屋敷には藤吉がいるはずなのだが、赤ん坊の泣き声もしない。まるで空き屋敷のように静まり返っている。音をたてている物といえば、物干し竿に干された洗い物ぐらいであった。

（あっ）と、二郎は目を剝いた。

物干し台に高く掛けられた竿に、赤ん坊の産着が干されていたのである。

（藤吉の産着だ！）

柄に見覚えがある。

（藤吉が着ていた物に間違いねぇ！）

とすればあの産着に、隠し金の地図が縫いつけられているはずだ。目の前でお宝がはためいているかのように感じられた。

二郎は左右に視線を走らせた。庭に人の気配はない。

（やるなら今だ）

こんな好機を逃す手はない。二郎は静かに生け垣をかき分けた。足音もなく庭を横ぎる。

物干し台の二本の柱は屋根を越えるほどに高く立てられていた。竹竿がずいぶんと高い所に掛けてある。別の竹竿を使って掛けたり下ろしたりするのであろうが、その竹竿が見当たらない。

（なあに。それならよじ登って取るまでよ）

二郎は物干し台の柱に手をかけると、軽業師のようにスルスルと登り始めた。

その瞬間——、
視界の隅で、ギラッと何かが光った。

次郎は手のひらに凄まじい衝撃を感じた。「ギャッ」と悲鳴を上げて物干し台から転落した。

二郎の悲鳴に驚いたのか、台所で赤ん坊が泣き声をあげる。

二郎は自分の手のひらを見た。

「畜生めッ」

小柄《こづか》が深々と刺さっていた。手の甲に刺さった刃の切っ先は、手のひらへ抜けていた。

屋敷の窓を武士の影が過《よぎ》った。二郎は地べたを転がりながらその影を見た。

（八巻だ！）

この的確な投擲《とうてき》、そしてこの威力。武芸の達人にしか成し得ない技だ。

二郎は震え上がった。

（屋敷に、八巻がいやがったんだ！）

二郎は震え上がった。庭に忍び込んだとき、気配は完全に絶っていた。そのはずなのに八巻の眼力からは逃れることができなかったのだ。

二郎は逃げた。生け垣を蹴破り、隣家の庭を突っ切って走った。

脇目もふらずに走り続ける。いつまでも、どこまでも、八巻が追ってくるような気がしてならなかった。

美鈴は濡れ縁を廻ると急いで庭に出た。

(逃げたか)

逃げ足の早いヤッだ、と忌《い》ま忌《い》ましげに、そして半ば感心しながら、蹴り倒された生け垣を見た。

(わたしの小柄も奪われてしまったな)

曲者《くせもの》は小柄が刺さったまま逃げたのだ。

(いったいなんのために、この屋敷に忍び込んで参ったのか)

ここは卯之吉の屋敷である。だから金はたんまりとある。卯之吉の正体が三国屋の若旦那だと気づいた者がいて、金銭目当ての盗みに入ったのだろうか。

(しかし……、だとしたら、どうして物干し台などに登ったのだ)

何を企んでの行動なのか、美鈴にはさっぱり理解ができない。

「なんだい、今の騒ぎは」

お仲も庭に出てきた。美鈴は自分の目で見たままを伝えた。

「物干し台に変な男がよじ登ろうとしていた、だって？」

お仲の顔つきが一瞬のうちに変わった。唇をワナワナと震わせる。

「そりゃあ、腰巻き泥棒だよ！」

「えっ？」

「あたしの腰巻きを盗みに来たのに違いないよ！」

美鈴は物干し台を見上げた。お仲の緋色《ひいろ》の腰巻きが風に揺れている。

お仲は口惜しげに地団駄を踏んだ。

「嫌だねぇ。あたしがこの屋敷で奉公を始めたと知って、もう、腰巻き泥棒が来やがったんだよ！　まったく、油断も隙もあったもんじゃない！」

「はぁ……」

美鈴は真面目な顔つきで（曲者の狙いはそれだったのか）と思案した。

多分、そうではないだろう、と思った。

「二郎、こっちだ」

走り出てきた二郎に一郎が小声で呼びかけた。

「畜生ッ、やられちまった！」

手の甲には小柄が刺さったままだ。二郎は苦悶《くもん》している。血が指先を伝って滴り落ちていた。

「ひでぇ……」

一郎の顔つきも変わった。

二郎は兄に訴えた。

「狙い澄ましての一刺しだ！　八巻の野郎め、剣術だけじゃねぇ。手裏剣技まで身につけていやがったッ……！」

「とにかく、そのザマじゃあ逃げられねぇぞ」

江戸の道々には番所がある。手の甲に小柄など刺した姿で歩けるわけがない。

かといって小柄を抜いたら一気に大量の血が噴き出してくるだろう。腕どころか下半身まで血まみれになって、もっと人目についてしまう。小柄が刺さった肉は固く締まっているから出血も少ない。黒鬼ノ二郎が咄嗟《とっさ》に小柄を抜かなかったのは、血まみれの姿では逃げられないと理解していたからなのだ。

赤鬼ノ一郎は思案を巡らせると、八丁堀の石垣の下に二郎を引き込んだ。

八丁堀には長さ八丁（約八百七十二メートル）の堀がある。本来、八丁堀というのはこの堀の名称なのだ。それがいつしか、この町全体が八丁堀と呼ばれるようになった。

「ここで待ってろ」

一郎は掘割沿いを走り去り、すぐに小舟を操って戻ってきた。どこで盗んできたのだろうか、櫂《かい》を握っている。弟が待つ石垣に舳先《へさき》を寄せてきた。

二郎は兄の意を察して舟に飛び込んだ。

舟の底に横たわった二郎に一郎が莚《むしろ》を掛けてその姿を隠した。

「川向こうに着くまでの辛抱だ」

一郎は神流川で舟を扱ったことがあった。しかし江戸の船頭ほどには舟の扱いには慣れていない。ずいぶんと苦労しながら大川の流れを渡った。

五

「はぁ、腰巻き泥棒が」

夕刻、南町奉行所から帰って来た卯之吉を捕まえて、お仲が憤怒の形相で訴えてきた。

「そうなんですよ旦那さん。あたしがこの屋敷に奉公にあがったって噂が、助平《すけべえ》どもの間に広まっているんでしょうかねぇ」

「はぁ」

一転、お仲は涙目になって頭を下げた。

「申し訳がねぇ。あたしに惹《ひ》かれて浮かれ男どもが大事なお屋敷に……。同心様のお屋敷に腰巻き泥棒が入ったなんて噂が世間に知れたら、旦那様のご体面にまで傷がつくってもんだ……」

あたしのせいだ、あたしのせいで、と繰り返しながらお仲は詫びつづけた。

「まぁ、なんです。腰巻きも無事だったことですし、曲者は美鈴様が追い払ってくださいました。大事がなくて良かったですよ」

卯之吉はいい加減な物言いでお仲を慰めたが、お仲は承知しない。旦那様に申し訳がない、あたしは男を惹きつける毒婦だ、あたしなんかが武家屋敷で奉公をしていてはいけない、などと訴え続けて、暇を出してくれるように懇願した。

仕方なく卯之吉は、お仲を家に帰らせることにした。お仲は自分の赤ん坊を抱いて、何度もお辞儀をした。

「はぁ……。なんだかおかしなことになっているようですねぇ」

卯之吉は肉付きの良いお仲の背中を見送りながら、美鈴に向かって言った。美鈴も険しい顔つきをしている。

卯之吉は美鈴に確かめた。

「まさか、腰巻き泥棒ではないのでしょう？」

「腰巻き泥棒にしては、身のこなしが玄人《くろうと》染みていました。庭に踏み込んでくるまでは、わたしもその気配に気づかなかったぐらいです」

「とにかく、見てみましょうかね」

卯之吉は美鈴と銀八を引き連れて、問題の物干し台に向かった。

夕焼けが空を染めている。洗濯物はすでに取り込まれていた。

「見慣れた我が家の物干し台ですけれど……」

繁々と何度も見上げては観察する。

「特に変わったところもない。ただの物干し台ですねぇ。この物干し台によじ登ると、なにかの御利益でもあるんでしょうかね」

卯之吉は銀八に目を向けた。

「お前ね、ちょっと登ってごらんよ」

「へっ、へい」

銀八は身体を動かすこと全般が苦手なのだが、若旦那に命じられては幇間《ほうかん》としては断れない。両手で柱にしがみつき、足を絡めて、突き出した尻をヘコヘコと上下させながら、苦労してよじ登った。

「なにか見えるかねぇ」

「なにが見えると訊《き》かれやしても、八丁堀のお役人様がたのお屋敷の、甍《いらか》屋根が連なって見えるばかりでげす。ああ、西に目を転じれば千代田のお城が、東に目を転じれば大川を行く船の帆が見えるでげすよ。これは案外の絶景かもしれませんでげす」

美鈴は銀八の言葉を聞き流して卯之吉に言った。

「風景を見たいだけなら、もっと別の場所が、例えば火ノ見梯子《ばしご》などがありましょう」

「そうだよねぇ」

「八丁堀の同心組屋敷にわざわざ忍び込んだのです。もっと別の理由があると思われます」

卯之吉はちょっと考えてから訊ねた。

「その時、何が干されていたんですかね？」

美鈴は顔を真っ赤にさせた。

「お仲殿の腰巻き……。やはり腰巻き泥棒だとお考えなのですか」

卯之吉は真面目な顔で思案しながら答えた。

「腰巻きを盗みに来たかどうかはわからないですけどねぇ……。しかし腰巻きなんて物は、そこら中の長屋でも干されていますよ。わざわざお役人様の集まっていなさるこの八丁堀に忍び込むってのは、おかしな話です」

物干し台の上から銀八が口を挟んできた。

「酔狂な旦那衆が、賭け事をなさったのでは？」

卯之吉は銀八を見上げた。

「同心様のお屋敷から腰巻きを盗めるかどうか、『きっと盗める』『いや、盗み出せるはずがない』と、賭けをなさったっていうのかい。ありえない話じゃないけれど……」

卯之吉が渋い顔つきをしているので、美鈴が訊ねた。

「ありえない話じゃないけれど、なんです？」

「うん、そいつぁ野暮だよ。粋じゃない。馬鹿馬鹿しいことに命を張るのがあたしたち放蕩者《ほうとうもの》だけどね、洗濯物を盗み出す、なんてのは、どうにも野暮さ」

放蕩者だからこそ、おのれの評判を大事にする。

「『あいつは野暮なヤツだ』と評判が立ったら、粋筋でお付き合いをしてくれる人がいなくなるじゃないか」

「そういうものですよ。さて、それではその曲者はいったい何をしにきたのか。他には何が干されていました?」

「左様……、確か、あの赤ん坊の産着が干してありました」

「産着」

「でも、そんな物を誰が好んで盗みましょうか」

「ああ!」

と、突然に、卯之吉が声を張り上げた。

「わかりましたよ!」

「えっ」

「ご落胤《らくいん》ですよ!」

「ええっ」

「あの赤ん坊様は、いずこかのお殿様の血を引いたご落胤様だったのですよ! その証《あかし》の家紋か何かが産着に縫いつけてあるのに違いありません! そっ、その産着はどこです!」

「赤ん坊に、お仲殿が着せていましたが」

卯之吉は奇声を発しながら屋敷に飛び込んだ。

美鈴は小首を傾《かし》げた。

「そんな芝居の筋書きのような話が、本当にあるのでしょうか」

物干し台では銀八が柱にしがみついている。

「あのぅ、若旦那。あっしはいつまでこうしていなくちゃならないんでげす？」

卯之吉からの返事はない。

六

赤鬼ノ一郎は小梅村近くで舟を捨てると、黒鬼ノ二郎を抱えるようにして、六太郎の隠れ家に戻った。

小梅村の近辺は辺鄙《へんぴ》であるから、怪我を負った男を連れていても誰かに見咎《みとが》められることはなかった。道には番屋が建っているが、田んぼの畦道《あぜみち》を通れば気づかれずに済む。すでに真っ暗だったので百姓は自分の家に戻っている。誰にも見つかることなく、二人は隠れ家に逃げ込むことができた。

黒鬼ノ二郎は台所に運び込まれると同時に大きな悲鳴を上げた。道々堪《こら》えてきた分だけ、よけいに激しく悶《もだ》え苦しんだのだ。

神竜一家の兄弟分たちが集まってきた。

「こいつぁ酷《ひで》ぇ」

「いってぇ誰に……」

手のひらに深々と刺さった小柄を見て、怖いもの知らずで鳴らした荒くれ者どもが、一斉に顔色を変えた。

騒ぎを聞きつけて六太郎もやってきた。

「なんの騒ぎだ！」

黒鬼ノ二郎は、地黒の顔をさらにドス黒く変色させて、冷や汗を滴らせた。

「面目ねぇ……。八巻の屋敷に忍び込んだら、このザマだ」

「なんだとッ。迂闊な真似をしやがって」

潜入するように自分で命じておきながら、六太郎は子分たちが見ている手前、失敗の責めが二郎ひとりにあるかのような物言いをした。六太郎とはそういう男なのだ。

黒鬼ノ二郎はますますうなだれた。

「産着が干してあったもんだから……。庭には誰もいなかったもんで……。そうしたら、座敷内から……ウウッ」

「小柄を投げつけられたってのか」

二郎は激痛に喘《あえ》ぎながら頷いた。

六太郎は愕然として声もない。子分たちは顔を見合わせている。

「二郎の気配に気づくなんて、只者じゃねぇ……」

二郎の隠形ノ術は一家の中で一目も二目も置かれている。その術を破った八巻への畏怖《いふ》がますます大きく膨らんでいく。

「八巻め、手裏剣技まで身につけていやがるとは」

「刀の間合いに入りさえしなければ大丈夫だ、なんて思ってたが、どうやら、そうは問屋が卸しちゃあくれねぇようだぜ」

いよいよもって凄まじい八巻の手際に、神竜一家の子分どもは一人残らず震え上がった。

「どいてくれッ、傷の手当てをしねぇと」

赤鬼ノ一郎が桶に水を入れて運んできた。

「おお、そうだぜ」

一家の中では兄貴分の幸三が、弟分たちに顔を向けた。

「晒《さらし》や手拭いをありったけ持って来い！　松吉《まつきち》、手前ぇは焼酎を買ってくるんだ！」

神竜一家は手荒なやり口で押し込みを働くので、商家の用心棒などの反撃を受けることも多かった。傷の手当てには馴れている。皆、心得きって走り出した。

赤鬼ノ一郎は弟の手に刺さった小柄の柄を握った。途端に黒鬼ノ二郎が悲鳴を上げた。

「ちょっとの間、辛抱しろぃ」

一郎は小柄を引き抜こうとしたのであるが、これが抜けない。

「くそっ、肉が食いついていやがるッ」

長時間突き刺したままだったので余計に肉が固く締まっていたのだ。

「辛抱しろッ、二郎！」

こうなったら仕方がない。力任せにグリグリと捩《ねじ》り、傷口を押し広げながら抜き取ろうとした。

傷口から血が噴き出す。返り血を浴びた一郎の顔が、二ツ名の通りに真っ赤に染まった。

二郎は激痛に泣きわめいた。

「ぐわああッ！　畜生ッ、八巻の野郎ッ！　絶対に、絶対に、許さねぇッ」

呪いの言葉を喚《わめ》き散らしながら、ついには失神してしまった。

七

日がとっぷりと暮れた頃、夜道をも顧みずに三右衛門が赤坂新町から八丁堀の八巻屋敷までやって来た。

「御免なすって……って、なんですかい、この散らかりようは」

台所に端切《はぎ》れが散乱している。

「仕立直し屋でも始めたんですかい」

鋏《はさみ》を手にした卯之吉が、疲れきった顔つきで首を横に振った。

「それがね……。ご落胤の証を見つけようとしたんだけど、どこにも見当たらなくてねぇ」

卯之吉自身が産着を全部バラバラにしたのだ。

三右衛門は当然ながら話が理解できずに首を傾げている。

「ご落胤？　なんの話ですかい」

「うーん。あたしの勘違いかも知れないねぇ。……ところで親分さん、いったいなんの御用です」

「へい。どうも、面目ねぇ次第になっちまったようで」

「面目ない次第？　なにが？」

「あっしが口利きをしたお仲が、勝手にお屋敷を引き上げちまったそうで。あっしの店に顔を出しやがったんで、こうして――」

三右衛門は、台所口に向かって「入《へ》ぇって来いッ」と怒鳴った。お仲がうなだれながら入ってきた。

三右衛門は卯之吉に頭を下げた。

「まったくもって面目ねえ。この女の考えなしには開いた口が塞がりやせんぜ。約束の期日を勝手に反故《ほご》にして戻ってくるたぁ何事だ、この三右衛門の顔を潰す気か、と、叱り飛ばしてやりやした」

「ああ、戻ってきてくれたのかい。それは良かった。助かるよ」

「乳を飲ませなくちゃあ夜泣きもするでしょうに、そんなことすら頭になかったって言いやがるんで」

お仲は不満そうに唇を尖《とが》らせた。

「だってよぉ、あたしのせいでお役人様のお屋敷に腰巻き泥棒が入ったなんて噂が立ったら、八巻の旦那の面目が丸潰れだと思ったからよォ」

三右衛門は呆れ顔をした。

「てェした忠義者だと褒めてやりてェ気もするが、考えってもんが足りねェ」

卯之吉は微笑みながら頷いた。

「心配いりませんよ、お仲さん。あの曲者は腰巻き泥棒ではないでしょうから」

「ほゥれみろ」

三右衛門が大きく頷いた。

「良く考えて見やがれ。どこの男が、お前や、女剣客の腰巻きなんかを欲しがるもんかよ！」

お仲と美鈴は「ムッ」と顔色を変えて三右衛門を睨《にら》みつけたのだが、三右衛門は剣呑《けんのん》な空気にはまったく気づかない。卯之吉もヘラヘラと笑っている。

「とにかくですね、お乳をお頼みしますよ」

お仲は藤吉をあやすために屋敷の奥へ入っていった。

「しかし旦那」

お仲が去るのを待ってから、三右衛門は顔つきと口調を改めた。

「曲者がお屋敷に忍び込んだことだけは間違いねえ。殺し人の一件もありやしたし、こいつは油断がなりやせんぜ」

「そうかねぇ。でも、この屋敷には美鈴様がいらっしゃいますから」

卯之吉としては、またしても三右衛門の子分に張りつかれたりしたら面倒なので、やんわりと断りを入れた。

三右衛門は卯之吉のことを卓越した剣客だと信じこんでいる。

「そりゃあまぁ、旦那ほどの腕前がありゃあ、曲者の一人や二人、恐れることなんかねぇんでしょうけれど」

そう言ってから話題を変えた。

「ところで今、この先の水路で、船頭が舟を盗まれたって騒いでいやしたぜ」

「舟？　うっかり流されちまったんじゃないのかい」

「桟橋にしっかりと繋《つな》いであったって言っていやした」

「大事な商売道具をねぇ。そいつぁ難儀なことだねぇ」

「難儀なのは船頭ばかりじゃねぇですぜ」

「と言うと？」

「大きな声じゃ言えやせんが、ここは町奉行所のお役人たちが住んでる町だ。その目と鼻の先で盗みがあったなんてこたぁ、けっして良い話じゃござんせん」

「あたしの家にも曲者が入ったことだしねぇ」

「同じ日の同じ時刻だ。旦那の屋敷に忍び込みやがった曲者と舟泥棒、なんかの関わりがあるんじゃねぇんですかい」

「親分はそうお考えなんだね」

「へい」

三右衛門は不敵な面構えで卯之吉を見上げた。

「舟泥棒の一件を、あっしに調べさせておくんなせぇ。きっと、尻尾《しっぽ》を摑んでごらんに入れやすぜ」

「ふむ。それじゃあ、お願いしようかねぇ」

いつものように懐から、小判を三枚摑みだした。

「おっと、今回ばかりは受け取れやせんぜ。あっしが口利きしたお仲の不始末の詫び代がわりだ。あっしの一存で働かせていただきやす」

三右衛門はなんと言われても金は受け取らずに出て行った。

銀八は通りまで三右衛門を見送りに出た。三右衛門は銀八に念を押した。

「旦那は、ああは仰ったが、けっして油断するんじゃねぇぞ」

「へいへい」

銀八はいつも通りの軽薄さで、真実味のかけらもない返事をした。

三右衛門は赤坂新町のほうへ踏み出そうとして、その足を止めた。その不審な様子を見て、銀八が首を傾げた。

「どうか、しなすったんでげすか」

「今、そこに女がいたようだ」

「女、でげすか」

銀八はひょっとこに似た目を見開いたが、通りには何者の姿もなかった。

「気のせいじゃねぇんでげすか」

「いや、確かにいた」

「近くのお屋敷に仕えていなさるお女中さんでげしょう」

「そうかも知れねぇな。……やれやれだ。何を見ても怪しいヤツに見えちまう」

三右衛門は首を竦《すく》めながら去って行った。

銀八は台所に戻った。

「なんとも面妖《めんよう》な話になってまいりましたでげすな」

「そうだねぇ」

卯之吉は行灯《あんどん》を手元に引き寄せて、自分でバラバラにした産着を元通りに縫っている。

「イヨッ！　さすがはお針子修業をなさったってぇ旦那だ！　てぇした手際だ。ニクイねぇ！」

例によって銀八が意味不明なヨイショを始めた。

卯之吉はチマチマと針を使いながら呟《つぶや》いた。

「横川で殺された男と殺しを自白して自害した流れ者。入江町の産女。同心の家に忍び込む洗濯物泥棒と盗まれた舟。これらを一本に繋ぐ筋書きってのが、あるのかねぇ？」

「落語の真打ちでも、繋ぐのが難しそうでげすな」

「ううむ」

卯之吉は極めて深刻そうな顔をして唸《うな》った。

いつになく真剣な表情を浮かべているので、銀八は少しばかり心配になった。

「どうしなすったんでげす？」

「うーん。あたしの針使いも、ずいぶんと鈍っちまったもんだなぁ、とね、思ったのさ」

「さいでげすか。お針子の腕が。そいつぁ大変《てえへん》でげす」

なんだ、御用の筋で悩んでいたのではなかったのか、と思った銀八は、いい加減に調子を合わせて、お針子に夢中の旦那の前から下がった。

八

夜も更けた。隠れ家の座敷に六太郎が不機嫌な顔つきで座っている。蝮ノ文次も険しい面相で同席していた。

会話などはいっさいない。二人ともむっつりと黙り込んでいる。そこへ赤鬼ノ一郎が、憤懣《ふんまん》やる方ない様子で入ってきた。

六太郎は顔を上げて訊ねた。

「二郎はどうした」

赤鬼ノ一郎は行儀よく座ってから答えた。

「へい。やっとこさ、眠りにつきやした」

一郎は六太郎に向かって低頭した。

「二郎の不首尾は、あっしの手抜かりだ」

弟の失態を庇《かば》う。六太郎は憤然として返事もしない。気づまりな空気が座敷を包み込んだ。

気づまりに堪《た》えかねたのか、蝮ノ文次が口を開いた。

「それで、これからどうするんで」

険しい眼差しを六太郎に向ける。

「産着が八巻の屋敷にある限り、奪い取るのは難しいってことが、これで知れやしたぜ」

「言われなくてもわかってる！」

六太郎の額に滲んだ汗は残暑によるものではないだろう。きっと冷や汗に違いない。一郎と文次の目には、六太郎の焦燥と怯《おび》えがはっきりと見て取れた。こめかみには青筋が浮かんでいる。胡座をかいた足が小刻みに揺れていた。貧乏ゆすりだ。

先代の親分だった権太夫は、野放図な男ではあったが、焦りや怯える姿を子分の前では見せなかった。どれほどの窮地に陥ろうとも、どっしり構えていたものだ。一郎と文次は互いに顔を見合わせた。互いの心中を探るような視線を交わしあう。「本当にこの親分についていって大丈夫なのだろうか」と、無言で確かめあっていたのだ。

六太郎は小心者だけに神経が過敏だ。子分二人の顔つきにすぐに気づいた。

「な、なんだお前らは！　この俺が、手詰まりになっているとでも思っていやがるのか！」

二人は慌てて平伏した。

「いや、そんなことはねぇ」と、異口同音に否定する。ところがその慌てぶりが六太郎の目には「はい、疑っておりやす」と言っているように見えるのだ。「お前は親分の器じゃねぇ」と言い切られたようにも感じた。

六太郎はカッと激怒した。

「策はある！　藤吉の産着を取り戻す秘策があるんだ！」

赤鬼ノ一郎は恐る恐る、訊ねた。

「どうやって、なさるおつもりなんで……」

その目つきと物言いがますます六太郎の癇《かん》に障った。

「なんだ手前ぇ！　おれが『ある』って言ってるのに疑う気かッ！」

「いや、そんなつもりは……」

「ようし、語って聞かせてやらぁ！　八巻の野郎を八丁堀の屋敷から遠ざけてやるのよ！　それだけじゃあ足りねぇ！　富蔵殺しの一件と、赤ん坊のことなんか、すっかりと忘れちまうように仕向けてやるんだ！」

「どうやって？」

一郎が訊く。文次も訝しげな顔をした。

六太郎は憑《つ》かれた目つきで言い放った。

「俺たちの手で、江戸に大騒動を起こしてやるのよ！　八巻だけじゃねぇ！　南北の町奉行所の役人どもの目を全部、どこか余所《よそ》へ向けさせるんだ！　そうすりゃあ八丁堀の屋敷には出入り勝手になろうというもんだぜ！」

さぁどうだ！　驚け！　感心しろ！　と息巻きながら六太郎は二人の子分に目を向けた。

しかし二人は、心配そうに眉根を寄せただけであった。

第五章　本所小梅村

一

南町奉行所、定町廻の筆頭同心、村田銕三郎が血相を変えて町中を走る。

「旦那のお通りだいッ。退《ど》いた、退いたァ！」

村田の手下の小者たちが伴走しながら叫び散らした。道行く町人たちに注意を促す。

町人たちは『退け』と言われる前に道を空けた。村田の形相はさながら一匹の猛獣だ。目を剝《む》き、鼻息は荒く、紅潮しきった満面に怒気を露《あらわ》にしている。こんな役人の前に立ちはだかることのできる者などいない。皆で恐怖に身震いしながら道の両脇へと逃げた。

村田の後ろには数人の同心たちと、町奉行所の小者たちが従っていた。揃って全力疾走をし、土埃《つちぼこり》を巻き上げながら走ってきて、走り去っていった。

卯之吉はその様子を道端の番所から見ていた。框《かまち》に腰掛けて、番太郎が淹《い》れてくれた茶をゆるゆると喫していたところだったのだ。

「おやまぁ。いったいなんの騒ぎでしょうかねぇ」

開け放たれた障子戸越しに一行を見送った。

若い番太郎が心配そうに訊ねた。

「旦那は、駆けつけなくてもよろしいんでございますかい」

「あたしかい？」

卯之吉はキョトンとした顔つきで番太郎をみつめ、やおら考えてから答えた。

「あたしに御用があれば、誰かが呼びに来るでしょう」

何の関心もないと言わんばかりの顔つきに戻って、ゆったりと茶をすすりはじめた。

浅草御門外《そと》、福井町《ふくいちょう》にある呉服屋、『扇屋《おうぎや》』の店先に入るやいなや、そのあまりに凄惨《せいさん》な光景に村田は絶句、形相がいよいよ険悪になった。

店じゅうが乱暴に荒らされている。反物が床一面に広がり、銭箱は手荒にひっくり返されていた。帳場格子では番頭らしい男がうつ伏せになって死んでいる。手代の死体は板の間に、丁稚《でっち》小僧の死体は下の三和土《たたき》に転がされていた。

「ちっくしょう！　なんてぇことだ！」

辺り一面が血の海。きらびやかな錦の反物も血を吸ってドス黒く変色している。

「こっちの座敷でも死んでいます」

尾上伸平が報告を寄越してきた。表店《おもてだな》とは壁を隔てた座敷では中年女が、さらに奥の座敷では初老の男が死んでいた。死因は刃物によるものだろう。血を失った肌が青白く変色していた。

立ち尽くす村田の許に奉行所の小者がやってきた。

「町内の番屋の者に確かめさせましたが、扇屋の主の辰右衛門《たつえもん》と、内儀の菊に間違いないそうです」

村田は台所にも廻った。台所にも数人の下女の死体が折り重なっていた。怒りに声も失くした村田の代わりに尾上が、「酷《ひで》ぇことをしやがる」と呟《つぶや》いた。

小者はさらに報告した。

「土間や座敷に残されていた草鞋《わらじ》の跡から察するに、一味の者は十名か、そこいらです」

草鞋の大きさは一人一人違うし、藁《わら》の編まれ方も違う。血を吸った草鞋は判子のように模様を残す。床や畳を丹念に調べれば人数がわかる。

「十人だと！」

村田はまたも目を剝いた。

「そんな大がかりな盗賊一味が夜道を歩いていたのに、誰にも見咎《みとが》められずに押し込んで、この店で盗みを働いた後、徒党を組んで逃げたってのか！」

福井町は浅草御門で神田川を渡り、浅草に向かう道の途中にある。江戸の中心からは外れるが相当に栄えた町人地だ。人口も密集しているし、番小屋だってある。吉原に向かう遊冶郎《ゆうやろう》も通る道筋だから、夜泣き蕎麦売りなども大勢出ていたはずだ。

「番屋のモンを呼んで来いッ！」

すぐに福井町の番太郎が引っ張られてきた——のだが、一目見るなり村田と尾上は「これは駄目だ」と納得した。六十をいくつも過ぎたような老人が、目をショボショボとさせながら白髪頭を下げて挨拶を寄越したのだ。

「昨晩《ゆうべ》、寝ずの番をしておりました、番太郎の庄吉《しょうきち》と申します」

歯も欠けている。聞き取りづらい声だ。厳《いか》めしい役人の前に引っ張りだされて萎縮しているのだろう。よけいに何を言っているのかが分かり辛かった。

村田は激怒を抑えかねていたが、この老人を叱り飛ばしても何も始まらない。

続いて、四十ばかりで強面《こわもて》の男と、三十ばかりの威勢の良さそうな男が入ってきた。強面の男は町内に住まう目明かしで萬五郎《まんごろう》と名乗った。三十ばかりの男は隣町の大番屋の者だという。

村田はまず老人に向かって質《ただ》した。

「昨晩の出来事を、ありのままに申せ」

「へ、へい……」

老人は身震いを走らせた。村田が恐ろしかったからなのか、それとも、昨夜の恐怖を思い出したからなのか。

老人の話によると悪党一味は突然、黒い旋風のように町内に走り込んできたという。

「いったい何が起こったのか、手前には察しがつきませんでした。火消人足の出役だろうか、などと思ったぐらいで」

常軌を逸した大胆不敵なやり口だ。想定外の事態に直面し、老人はただただ混乱していたらしい。

「悪党どもは扇屋さんの店先に駆け寄ると、表戸を蹴破って……。バンバン、バリバリと、凄《すさ》まじい音が……。あたしは身が震えましたよ。ああ、こいつらは押し込みだったんだって、そん時、初めて気づいたんでございます」

「それからどうした」

村田は頬の辺りを引きつらせながら、先を促した。

「はい。その黒装束どもめらが店に押し込むやいなや、中から悲鳴が……。あたしは、あっ、扇屋さんがやられている、って思ったんです」

「手前ぇは何をしていやがったんだ！　老いたりとはいえ番太郎じゃねぇか！」

「もっ、もちろんあたしは番屋に急いで戻りまして、呼子笛を吹こうとしたんですが、その笛をどこに仕舞ったものやら……。この界隈《かいわい》ではもう二十年近くも、押し込みなんてもんは入ったことがねぇもんで……」

こんな年寄りに番太郎をさせていたぐらいだ。確かに治安の良い町だったのだろう。

老人は「申し訳ございません」と、うなだれながら続けた。

「番屋には捕り物道具もありやしたが、この老い耄《おぼ》れの腕では、振り回すのも難
しいって話でして……」
「それでどうした」
「へい。扇屋さんはすぐに静かになっちまいまして、それからまもなく悪党ども
が店を出て参りやした。四人ばかりが銭箱を担いでおりまして……。そこへ、萬
五郎親分と、隣町の大番屋の皆さんが捕り物道具を担いで駆けつけてこられまし
た」
「そっから先はあっしが……」
萬五郎が油断のない顔つきで低頭した。
「あっしは、騒ぎにすぐに気づきましたんで、取るものも取りあえず表道に出や
した。下っ引きも起き出してきやがったんで、隣町の大番屋へ報《しら》せるように命じ
やした。寝間着姿だったもんで着替えをしている内に大番屋の衆が五人ほど走っ
てきやした。あっしは一緒になって騒ぎ声がするほうへ走りやした。そこで、扇
屋さんから出てきた悪党どもと鉢合わせをしたってわけで」
「それで、どうした」
「へい。手前も福井町の萬五郎だ。悪党どもなんかに引けをとるもんじゃねぇ。

お預かりした十手を振るって、散々に追い散らしてやりやしたが……」

「どうしたんだ」

萬五郎は口惜しそうに顔を歪《ゆが》めた。

「悪党どもめら、まるで大猿《ましら》のように身が軽かったんで……。軒の上に飛び乗ったり、塀に手をかけて向こう側へヒラリと逃げたり……」

三十ばかりの番太郎も口惜しそうな顔つきで頷《うなず》いた。

「屋根の上を逃げられちまったんじゃあ、どうにもいけねぇ。追いかけようもなかったですぜ」

話を訊《き》き終えた尾上は、村田に耳打ちした。

「押し込みの手口も逃げ方も、あまり聞いたことのないやり口です。こいつぁ他国から紛れ込んで来やがった盗人どもかも知れませんね」

村田は食いしばった歯をギリギリと鳴らしただけで返事もしなかった。

その時、奥の座敷で玉木弥之助が素《す》っ頓狂《とんきょう》な声を張り上げた。

「なんだこりゃあ」

何を見つけたのか、足音をたてながらやって来た。

「村田さん、主人のお骸《ろく》の近くにこんな物が……」

一枚の紙を差し出す。村田はひったくるようにして受け取って、視線を落とした。

その目がギラリと光った。

「……小癪《こしゃく》な真似を！」

見てみろ、と、尾上に押しつける。尾上は受け取って目を通した。

『神竜ノ六太郎参上。三日の後、増上寺御門前町に推参つかまつる』……村田さん、これは」

「オイラたち町奉行所への果たし状だろうぜ」

村田は悪鬼のような形相になった。


「上手くいきやしたね」

神竜一家の幸三が、舌なめずりをしながら言った。

小梅村の隠れ家の座敷で、祝い酒の盃が回されている。これが昔からの神竜一家の習わしであった。仕事を成功させた後、皆で車座になって祝うのだ。

蝮ノ文次が険悪な目つきをさらに細めた。

「江戸の役人もたいしたことはなかったぜ。押し込んで、殺して、逃げるだけなら、なんの苦労も心配もいらねぇ」

赤鬼ノ一郎が酔いで顔を赤くしながら頷く。

「役人どもの鼻を明かして、二郎の怪我の敵《かたき》を取った気分でさぁ」

意気盛んな子分どもを、六太郎は満足そうに見渡した。

「張り紙も残してきた。これで役人どもは芝にある増上寺の門前町に釘付けだ。八巻も先頭に立って、芝くんだりにまで乗り込むことだろうぜ」

同心の八巻は南町奉行所の切り札だ。町奉行の命を受けて増上寺門前に張りつくに違いない。

「そうなったら『非番だ』なんて言っちゃあいられめぇ。八丁堀の組屋敷から役人どもが一人残らず出払うに違いねぇ。その隙に八巻の屋敷から産着《うぶぎ》を盗み出してやるのさ」

「さすがは六太郎親分だ！」

幸三が調子よく合わせた。

六太郎の背後には扇屋から盗み出した銭箱が積んである。仕事を成功させれば親分としての信用も上がる。文次や一郎も、六太郎を見直したという顔つきで頷き交わした。

六太郎とすれば（それでいいんだ）という気分である。親分らしく貫禄のありげな低い声音で言った。

「産着を奪い取ったら、いったんは上州へ引き上げるとしようぜ。権太夫の隠し金を掘り出した後、草津の湯にでも、のんびりと浸かるとしようじゃねぇか」

幸三は聞き返した。

「草津の湯ですかい」

「ああ。お前《め》ぇたちは芸者の尻でも撫《な》でていればいい。その間にこの俺が、上州じゅうに触れを回して腕利きの浪人剣客をかき集める。ちっとばかり高くはつくだろうが、なぁに。こっちには権太夫の隠し金があるんだ。せいぜい名の知られた先生方を集めて、八巻の野郎を血祭りに上げてやるとしようぜ」

「そいつぁおもしれぇ！」

子分どもは歓声を張り上げた。

六太郎は歌舞伎役者のように大見得を切った。

「八巻を始末しちまえば、この江戸に怖いものはねぇ！　神竜ノ六太郎一家の思うがままだぜ！」

子分どもは「おう！」と拳を突き上げた。

二

翌朝。卯之吉はだらしのない欠伸《あくび》を漏らしながら南町奉行所の耳門《じもん》をくぐろうとした。そこへ村田銕三郎が突進してきて、「邪魔だッ！」と、卯之吉を突き飛ばしながら飛び出していった。

卯之吉は悲鳴をあげながら尻餅をついた。その目の前を町奉行所の小者たちが土煙を上げて走っていく。卯之吉に目をくれる者など一人もいなかった。

世間では、人斬り同心だの、南町奉行所一の切れ者だのと噂されている卯之吉であったが、さすがに奉行所の者たちには通じない。彼らは卯之吉の本性を知り尽くしている。

「ああ、やれやれ。乱暴だねぇ」

卯之吉は、自力では立ち上がろうともせず、銀八の助けをもとめて腕を伸ばした。差し出されてきた手にすがって立ち上がった。

「なんだろうねぇ、あれは」

「なんでげしょう」

扇屋の一件を卯之吉はまだ知らない。卯之吉の許に報せを寄越した者はいなかったからだ。銀八も本業は幇間《ほうかん》であって岡っ引きではない。押し込み強盗の話など、知ろうともしないし、報せようとする岡っ引き仲間もいない。

二人は首を傾《かし》げながら奉行所に入った。

こんな朝でも小者の老人が玄関前の白砂に箒《ほうき》をかけていた。卯之吉は笑みを浮かべながら歩み寄った。

「毎日ご苦労さまだね」

「あっ、これは、八巻様」

小者の老人は丁寧に低頭した。内心では（この腑抜け同心）などと小馬鹿にしているのかも知れないが、卯之吉は小遣いをたっぷり弾《はず》んでくれるから、おろそかにはできない。

町奉行所の小者は、立場を悪用して町人たちから賄賂《まいない》をせびる。しかし老人になるとさすがに凄《すご》みも利かなくなる。町人にたかることのできなくなった老人にとっては、卯之吉は大切な金蔓《かねづる》であった。

卯之吉は門に目を向けながら訊ねた。

「村田さんが血相を変えていなすったけど、どうかしなすったのかい」

小者の老人は（この旦那はどうしてこんなに常識はずれなんだろうか）と呆《あき》れ

る思いであったろうが、それでも扇屋の一件を、懇切丁寧に教えてくれた。

「ははぁ……。次は増上寺さんの御門前町に押し込むと言い残していったんだね」

「へい。それで旦那方も、小者どもも、芝界隈《かいわい》に出張っていったんで」

「なるほど」

それから卯之吉は「ふわぁ」と欠伸をした。老人は恐る恐る訊ねた。

「八巻の旦那は、駆けつけなくても宜《よろ》しいんで？」

「だってあたしは誰からも『行け』なんて言われてないもの。それにあたしなんかが捕り物に首を突っこんだって、皆さんのお邪魔になるだけでしょうに」

まったく恥じ入る様子もなく、それが当然だという顔つきで言い放つと、上がり框《かまち》のほうにフラフラと歩いていった。

老人はしきりに首を傾げながら見送った。

「……どうしてあの旦那のことを、町人どもは、剣客同心だなんて思い違いをしていやがるんだろうな？」

長年に亘って奉行所に仕えた老人でも解明できない謎であった。

（さぁて、今日はこれから何をしようかねぇ）

火鉢の前に座り、自分で淹れた茶をゆるゆると喫しながら卯之吉は考えた。

当然だが同心用部屋には誰の姿もない。卯之吉は独り言を呟《つぶや》いた。

「赤ん坊があのままってのは可哀相だ。産女《うぶめ》のおっかさんを見つけだしてやらなくちゃならないだろうねぇ」

屋敷で夜泣きをされるのも辛い。早いところ母親を見つけて返さなければ、こっちの身が参ってしまう、と卯之吉は思った。

「今日も川向こうに行くとするかね」

おもむろに立ち上がり刀を腰に差しなおすと表に出た。銀八を従えて町奉行所の門を出る。歩くより楽だという理由で橋を使わず渡し舟に乗って、入江町がある川向こうへと渡った。

行商人姿の幸三が隠れ家に走り込んできた。

「八巻だ！　八巻が来やがった！」

奥座敷から六太郎が、台所からは文次と一郎が出てきた。

六太郎は幸三を怒鳴りつけた。

「八巻がどうしたって言うんだ！　落ち着いてものを言いやがれ！」

「へっ、へい……！　今し方、このあっしが、横川沿いを歩いていたら、向こうから八巻がやって来やがったんで……」

「なんだとッ」

「八巻の野郎は、道々、通り掛かった百姓や町人を引き止めては、何事か、聞き込んでいる様子でしたぜ！」

「くそっ」

　六太郎は框から飛び下りると、雪駄《せった》をつっかけるのももどかしげに走り出した。

「親分、どこへ行くんだい」

　幸三が慌てる。文次と一郎と幸三は、六太郎を追って走った。

　横川町を過ぎた辺りで六太郎は足を止めた。呆然《ぼうぜん》と立ちすくんでいる。

「……八巻だ」

　道の彼方に黒巻羽織姿の八巻がいた。遠目にも見間違えるはずがない。江戸三座の看板役者に勝るとも劣らぬ姿だ。滑稽な物腰の岡っ引きまで従えていた。

「ど、どういうことだ」

六太郎は、子分が見ている前だということも失念して呟いた。

「町奉行所の役人どもは残らず増上寺界隈へ引きつけたはずだぜ。それなのに、どうして八巻が、本所なんかに出て来やがるんだ……」

それは本来、子分どもの台詞《せりふ》であろう。「なぜ」と子分に問われたときに「慌てるな」と虚勢でもなんでも張って見せるのが親分というものだ。六太郎もそれぐらいは理解していたはずなのだが、驚きのあまりに虚勢を張る余裕すらなくしていたのだった。

「あっ、八巻がこっちに来やがる！」

六太郎は慌てて身を翻《ひるがえ》した。顔色が悪い。額には冷や汗をかいている。そんな姿もまた、子分たちの目に晒《さら》していた。

六太郎は隠れ家へと急いだ。小走りに歩を進めながら全身を震わせた。

「親分……」

幸三が恐々と声をかけてきた。

「八巻の野郎は江戸一番の切れ者同心だ。扇屋の一件をしでかしたのがオイラたちだってことに、気づかれちまったんじゃねぇんですかい」

「馬鹿を言うな！　なんの証拠があって！」

「だって、八巻の野郎はしつこくオイラたちを嗅《か》ぎ廻ってるじゃねえですか」

六太郎は足を止めると振り返り、幸三に向き直った。幸三の衿を摑んで絞め上げる。

「確かに八巻は富蔵殺しを探っていた。だが、その殺しは新八の仕業ってことで片がついたんだ。その一件と、扇屋の押し込みとを繫《つな》ぐ、どんな手掛かりがあるっていうんだ！」

六太郎には下手を打った覚えがない。

六太郎は幸三を突き飛ばした。

「畜生ッ、八巻の野郎！　どこまでもしつこいぜ！」

今度は赤鬼ノ一郎がしかめツラを向けてきた。

「それで、オイラたちゃあ、これからどうすりゃあいいんですかい」

六太郎は暫《しば》し俯《うつむ》いて考えてから、かすれた声を出した。

「やってやるさ」

「やってやる？　なにを？」

「八巻の屋敷を襲うんだ」

「えっ」

赤鬼ノ一郎だけではなく、文次と幸三の顔つきも変わった。

六太郎は腹を括《くく》った様子で子分たちを睨《にら》みつけた。

「八巻が俺たちを追っているっていうんなら、それも好機だ。ヤツを本所に引きつけておいて、その隙に八巻の屋敷に忍びこめばいい」

「なるほど。それも手だ」

一郎は頷いた。六太郎は続けた。

「八巻が俺たちの塒《ねぐら》をみつけだす前に産着を奪って上州へ逃げる。こういう算段だ。皆にも伝えとけ」

「それで、八巻の屋敷には誰が忍び込むんで？」

「お前と文次で行け」

一郎と文次は緊迫した顔つきながらも力強く頷いた。

その顔つきを見て六太郎は、内心安堵《あんど》しながら命じた。

「今なら屋敷に八巻はいねぇ。善は急げ、悪も急げだ。すぐに行ってこい」

一郎と文次は「へい」と答えて低頭すると、身を翻して走り出した。

卯之吉は、「おや、あのお人」と呟いた。

首を伸ばして彼方の野原に目を向けている。

「どうしたんでげすか」

銀八は訊ねた。

「うん。あそこに女の人がいるよねぇ」

「どこでげすか」

銀八は滑稽な仕種で小手を翳《かざ》した。

深川の野原が広がっている。彼方には筑波山まで遠望できた。

「いや。もういなくなった」

卯之吉は首を捻《ひね》った。

「つい先日も、今のお人を墓場の近くで見かけたのさ。それに、八丁堀でも見かけたような気がするよ」

「へぇ？　さいでげすか。あっしはさっぱり気がつかなかったでげす」

「銀八。あたしは歩き疲れたよ」

急に卯之吉が話題を変えた。

「へっ？」

「どこかに料理茶屋はないかねぇ。お昼ご飯を食べようじゃないか」

「こんな在郷に、そんな結構な店があるわけねぇでしょうに」

「えっ。じゃあどうする？　大川の向こうに戻るのかい」

卯之吉は急に、切羽詰まったような顔つきになった。

三

荒海《あらうみ》一家の子分、ドロ松が、膝まで泥に浸かった姿で走ってきた。

「親分、どうやら見《め》っかりやしたぜ」

三右衛門の前まで駆けつけてきて低頭した。

大川の東岸の、小梅村にもほど近い川岸に三右衛門はいた。子分を三人ばかり引き連れている。

この日の三右衛門は、卯之吉とはすぐ近くに出張っていたことになる。

卯之吉の屋敷に曲者《くせもの》が入ったのと同じ時刻に八丁堀で舟が盗まれた。三右衛門は、これにはきっと関わりがあるはずだと睨んで、大川の川岸や目ぼしい掘割などをくまなく当たっていたのだ。

「見つかっただと？　盗まれた舟か」

「へい。確かに船宿『鶴岡《つるおか》』の猪牙《ちょき》でさぁ。『つる』の焼き印が入《へ》ぇっていやしたから間違いねぇですぜ」

「ようし、でかした！　案内しろぃ」

三右衛門と子分たちはドロ松の案内で走りだした。

葦《あし》の生い茂る岸辺に舟が斜めに乗り上げていた。近くの番屋の者らしい中年男が、恐々とそれを見守っていた。

三右衛門は番太郎に向かって名乗りを上げた。

「オイラは南町の八巻様の手下で、赤坂新町の三右衛門ってぇもんだ。八巻様の御用で詮議をさせてもらうぜ」

番太郎は当然ながら、同心八巻の噂も、荒海一家の噂も知っていた。江戸の闇を仕切る任侠の大親分を前にして震え上がった。

「へっ、へいっ。お役目ご苦労さまでございます……。この舟は昨日の夕間暮、竿《さお》を出した釣り人が見つけてきて、番屋に報せを寄越したもので……」

番屋に挨拶に行ったドロ松が、その話を聞き出して調べに走ったのだ。

「舟を見せてもらうぜ」

三右衛門は舟に近づいた。

「おいドロ松。手前ぇの足跡はどれだ」

「へい。この新しい穴がそうでさぁ」

舟の周りには足跡がいくつか残されていた。新しい足跡の他にも、消えかけた足跡がいくつかあった。三右衛門は古いほうの足跡を数えた。

「二人ばかり、この舟から下りたようだな」

ドロ松も頷く。

「へい。連れ立って東へ向かったようですぜ」

「足跡があるってことは、この舟は空舟でどっからか流されて来て、ここに乗り上げたわけじゃなさそうだ。舟盗人どもの塒は、この岸の近くにあるのかもしれねぇ」

舟に寄って、船底に残されていた莚《むしろ》を捲《めく》り上げた。

「オイ、こいつぁ血じゃねぇかよ」

船底に血痕らしき茶色の染みがいくつも広がっていた。ドロ松が顔を近づけて鼻をヒクヒクとさせた。

「間違いなく血の臭いですぜ。手負い者を舟で運んだってことですかい」

「そのようだな。フン、曲者め。八巻の旦那に楯突いて、ただで済むとでも思っていたのか」

三右衛門は曲者に手傷を負わせたのは卯之吉に違いないと決めつけた。

それから空を見上げた。

「ここ三日ばかり、雨が降らなかったのが幸いしたぜ」

足跡も血痕も消えずにすんだ。

「血を流している野郎を、人目につかないように運ぶために舟を盗んだっていう話なら筋が通る。こいつらの塒はきっと近くにあるのに違《ち》ぇ《げ》ねぇ」

「でも親分。こうして舟が見つかった時のことを考えて、わざと遠くに舟を着けたってことは考えられませんかね」

「それはどうかな。手負い者を歩かせればそれだけ人目につくぜ。なんにしても、この舟を大川に流さなかったのが曲者どもの手抜かりだ」

三右衛門は背筋を伸ばして帯の位置をグイッと直した。

「よしっ、近くで聞き込みだ」

ドロ松たち子分衆が「へいっ」と答えた。番太郎まで思わず低頭してしまった。

まずは足跡を追って葦の原に踏み込んだ。足跡はほとんど消えていたが、そこは勘を頼りにかき分けながら進んだ。さらに大川の土手を駆け上がった。

「ずいぶんと草深い在郷だな。江戸とは言っても、ここまで来ると下総と変わりがねぇ」

堤の上から長閑《のどか》な田園風景を見おろしながら三右衛門が言う。

「町ン中なら、手負い者が人目につかねぇってこたぁねぇが、こんな田舎じゃあ、夜には人も歩いちゃいねぇだろうしな……」

番太郎がいるわけだから自身番もあるのだろうが、町中のようには事件が起こらないので緊張感に欠けている。空舟の届けがあってもすぐ町奉行所に報せなかったのも、気が緩んでいるからだ。

この間抜け野郎のせいで半日ぶん損しちまったと思いながらも、番太郎を叱るのは八巻の旦那の仕事だと弁《わきま》えて、子分たちに命じた。

「長屋や屋敷の数が少ねぇってのはありがてぇ。昨今流れ込んできた他国者で、三日前ェに怪我をした野郎だ。一軒一軒、しらみ潰しに当たるぜ！」

「へいっ」と子分と、なぜか番太郎まで答えて、一斉に散った。

「おいドロ松、お前ェはオイラと一緒に来い。オイラもこうしちゃあいられねぇからな」

三右衛門は親分なのだから、目立つ所に陣取って、煙管でも咥《くわ》えながらデンと構えていれば良いのだが、これは同心八巻の御用である。自分も八巻の子分の一人なのだと考えて、三右衛門は堤を下りた。遠くに見える町家へと向かう。

「そろそろ秋の気配だなぁ」

太陽は照っているが、夏の盛りのような殺人的な陽光ではない。首筋を吹き抜ける風も涼しかった。

空から野原へと視線を戻した時、

「むっ……！」

三右衛門の目つきが変わった。

「あの女は！」

「親分、あの女《あま》っ子がどうかしやしたんで？」

「旦那の屋敷に曲者が入《へ》ぇった日の夜、お屋敷の近くで見かけた面《ツラ》だぜ！」

常夜灯の明かりに照らされただけだったのだが、三右衛門ははっきりと見覚えていた。

「産女だろうがナニモンだろうが、日の下でなら、逃がしゃあしねぇぞ！」

三右衛門は尻端折《しりはしょ》りをきつく絞り直して、走り出した。

女は三右衛門が走ってくるのに気づいたようだ。慌てて身を翻そうとした。

「やっぱりか！　疚《やま》しいことがあるから逃げようとするんだ。これで悪党の一味だと知れたぜ！」

三右衛門は勢い込んで女を追った。

ドロ松は、(親分みてぇな悪党ヅラが走ってきたら、疚しいことがない女でも逃げようとするに違ぇねぇ)と思ったのだが、とにかく一緒になって女を追った。

ドロ松は足が速い。三右衛門を追い越して、逃げる女に追いついた。

「ちょっと待ちねぇ！」

女の前に回り込む。

「オイラたちは悪党じゃねえ！　南町の八巻の旦那の御用を預かってる者《モン》だ」

ヤクザ者や追剝《おいはぎ》と間違えられては困るので名乗りを上げた。三右衛門も息を弾ませながら追いついてくる。女は逃げ場を失った。

「やいッ、女！」

三右衛門が破《や》れ鐘《がね》のような声を張り上げた。

「手前ぇ、三日前には八巻の旦那のお屋敷近くをウロチョロしていやがったな！

やいッ、どうしてオイラのツラを見て逃げやがった！　なんとか言いやがれ！」

ビシビシと決めつける。

ドロ松も怒鳴った。

「この親分を誰だと思う、八巻の旦那の一の子分の、荒海ノ三右衛門親分だぞ！　そんじょそこらの岡っ引きや番太郎たぁわけが違う。親分の目に留まったが運の尽きだ！　観念して物を言いやがれッ」

女は、ヘナヘナと力なく、その場に崩れ落ちた。

三右衛門はここぞとばかりに問い詰めにかかった。

「手前ぇが舟を盗んで、手負いの曲者をこの川向こうまで運んだのか」

女は無言で首を横に振った。

三右衛門は怒鳴った。

「じゃあ、誰が誰を運んだって言うんだ！」

女は観念した様子になって、道の上で両膝をきちんと揃えると、三右衛門に向かって低頭した。

「八巻様のお身内様の手にかかったとあっては、もはや言い逃れもできますまいね」

「おう。神妙だ。何もかも正直に言うがいいぜ」

三右衛門はドロ松に目を向けて、女に縄をかけるように命じた。

縄付きになった女が顔を上げた。

「申し上げましょう」

「おう、聞こう」

「八巻様のお屋敷に忍び込んだのは、上州、神流川の一帯を荒し回った悪党、人呼んで神竜一家の手の者でござんす」

「神竜一家か……。噂には聞いたことがあるぜ」

三右衛門の本業は俠客だ。上州にも兄弟分は大勢いた。上州の悪党たちの名前ぐらいは耳にしている。

「八巻様のお屋敷に忍び込んだのは、赤鬼黒鬼兄弟と名乗る悪党どもにございます。舟を盗んだのもこの兄弟」

「ようし。よく白状した」

三右衛門は大きく頷いた。そしておもむろに訊ねた。

「神竜一家の隠れ家はどこだ」

女は首を横に振った。

「それは、手前にはわかりません」

「なんだとこの女狐《めぎつね》！」

怒鳴って女の衿を摑んだのはドロ松だ。

「痛《いて》ぇ目にあいたいってのか！　親分が優しくお訊ねくださっているうちに白状しちまうのが身のためだぜ！」

女は、ドロ松の手を振り払うようにして身をよじると、悲壮な形相で三右衛門に向かって叫んだ。

「お願いでございます！　どうか、神竜一家の者どもを、八巻様のお力でお縄にかけてくださいませ！」

「えっ？」

ドロ松が啞然《あぜん》としている。三右衛門も俄《にわ》かに混乱した顔つきだ。

「なんだか込み入った事情があるみてぇだな」

「どうしやす、親分」

「とにかく、この女を旦那の許に連れて行かなくちゃなるめぇよ」

面倒にもつれきった話をスラスラと解いてしまうのが旦那の恐ろしいところだ、と三右衛門は常々思っている。

（しかし、縄付きの女を八丁堀まで引っ張っていくのは骨が折れるぞ）

先程まではそれほどと感じていなかった陽光が、急にきつくなってきたように感じられた。

「おいドロ松。さっきの番太郎を呼んで来い。この女は俺たちの聞き込みが終わるまで番屋預けだ」

「へい」

ドロ松は陽炎《かげろう》の立つ畦道《あぜみち》を走っていった。

四

水谷弥五郎《みずたにやごろう》は大きな鯉《こい》を片手にぶら下げながら、八丁堀までやって来た。

「八巻は在宅しておるかな」

鯉は尺（約三十センチ）を遥かに超えた大きさで、しかも良く太っている。口から鰓《えら》へ荒縄を通しているのだが、未だにビクビクと身を震わせていた。

水谷弥五郎は浪人である。用心棒稼業に就いているときを除いて、暇を持て余している。浪人の暇潰しといったら魚釣りだ。釣れた魚は魚屋に買ってもらうこともできるので生活費を稼ぐ手段にもなった。

今日、弥五郎は滅多にない大物を釣り上げたので、魚屋には卸さず、卯之吉の屋敷に持って来た。

（八巻にはさんざん世話になっておるからな）

卯之吉の下で働くようになってから金に不自由はしなくなった。可愛い由利之《ゆりの》丞《じょう》ともども卯之吉には頭が上がらない。

売れない若衆役者の由利之丞もついてきた。由利之丞にとって卯之吉は大切な金主《きんしゅ》だ。卯之吉が金を出してくれるので最近はそこそこの舞台も踏めるようになった。こちらも挨拶は欠かせない。

「頼もう！」

弥五郎は大声をあげて屋敷に入った。台所に向かおうとしたところで足を止めた。

「な、なんだ……！　赤子が泣いておる！」

屋敷の内から盛大に泣き声が響いてくる。由利之丞も首を傾げた。

「ほんとだね」

「どういうことなのだ」

弥五郎は（入る屋敷を間違えたか）と思って屋根など見上げたが、ここは間違いなく八巻の屋敷だ。二人揃ってわけがわからず首を傾げあっていると、台所口から良く肥えた中年女が飛び出してきた。

「性懲《しょうこ》りもなく、また来やがったね、この曲者め！」

女は弱いが母は強い。すりこぎ棒を振りかざして弥五郎に向かってきた。

「ま、待て！」

悪党には強いが女人にはからきし弱い弥五郎は、へっぴり腰になって片手を突き出し、いまにも飛び掛かってきそうな中年女を押しとどめようとした。

「わしらは曲者ではない！」

弥五郎が及び腰だと見て取って、ますます強気になった中年女が「フンッ」と鼻息を吹いた。

「悪党ヅラを下げやがって『曲者ではない』ってかい。聞いて呆れるよ！」

「酷《ひど》い物言いだ」と由利之丞が呆れる。

「ま、待て！」弥五郎は冷や汗まみれだ。

「そなたはいったい何者なのだ。どうして八巻の屋敷に——」

そう言いかけて顔色を変えた。

「まさか！　泣いておるあの赤子は、八巻とそなたの子……などということは、よもやあるまいな？」

恐る恐る確かめると、中年女の顔つきが急に蕩《とろ》けたようになった。恵比寿様のような笑顔になる。

「嫌だねぇ、どいつもこいつも。ご浪人様まで、あたしと旦那が似合いの夫婦に見えるって言うのかい？」

「いや、そうは見えぬゆえ、確かめたのだ」

しかし、中年女は聞いていない。弥五郎は、とりあえず渡す物だけ渡してしまおうと思って、鯉をグイッと突き出した。

「八巻に食べてもらおうと思って持ってきたのだが」

中年女はすっかり気を許した様子で、

「おや、それは有り難いねぇ。今、盥《たらい》を持ってくるからね」

などと言いながら、井戸へ向かった。

「……なんなのだ、あれは」

弥五郎は呆然と突っ立って見送った。その手元で鯉がビクンと跳ねた。

鯉は水を張った盥に放した。弥五郎は台所の端の方に腰を下ろした。

「……なるほど、そのような事情があって、そなたが雇われたのか」

お仲と名乗った中年女からおおよその話は聞き取った。お仲は夕飯の支度に取りかかっている。

「なんだい、浪人さん。もっとこっちにお座りよ」

台所の隅で小さくなっている弥五郎を見て手招きした。弥五郎は首を横に振った。

「わしはここで良い」

「おかしな浪人さんだねぇ。……あたしとの仲を勘繰られて、変な噂が立ったりしたら困るとでも思ってるのかい」

「そんなわけがあるまい！」

無断で屋敷に上がり込んだ由利之丞が座敷から出てきた。

「どうだい弥五さん。オイラのこの姿」

三ッ紋付きの黒羽織を持ち出して袖を通している。由利之丞は同心八巻に化けて市中を闊歩《かっぽ》することが、いたく気に入っていたのだ。

嬉しそうに袖を広げた由利之丞を、弥五郎は呆れ顔で見つめた。

「勝手に持ち出したりして、八巻に叱られても知らぬぞ」

それから、屋敷の中を恐る恐る見回した。

「今日は、あの男女《おとこおんな》はおらぬのか」

お仲は米を研ぎながら答えた。

「美鈴様のことかい？　今、ちょっと出ているよ」

「左様か。安堵したわ。……いや、お前一人で留守番とは、いささか物騒な話だな」

「だからよ、また曲者が来やがったら、コイツでぶっちめてやろうと思ってさ、こうして用意してんだ」

すりこぎ棒を得意気に振りかざした。

弥五郎は眉根をひそめて首を傾げた。

「本当に腰巻き泥棒であるのなら、それも良かろうが……」

同心の屋敷にわざわざ忍び込む腰巻き泥棒がいるのだろうか。なにか別の思惑があるのではないか、と、卯之吉同様に考えた。

座敷で赤ん坊が泣きだした。

「おや、またかい。しょうがないね。お乳が飲みたくなるとすぐに泣くのさ」

前掛けで手を拭いながらお仲が框に上がろうとした。

水谷弥五郎は鋭い声で、「待て」と制した。

「なんだい?」

お仲が怪訝《けげん》そうに顔を向けた時には、弥五郎は既に、腰に刀を差し直しながら立ち上がっていた。

「赤ん坊が泣いたのは、乳が飲みたいからではあるまい」

「な、なんなんだい。そんなおっかねぇ顔をして……」

「庭に曲者が入ってきたのだ」

「えっ?」

お仲と由利之丞が目を丸くさせる。

「お前たちはここで隠れていろ。忍び込んで来た曲者めら、腰巻き泥棒などという間の抜けた手合いではなさそうだぞ」

弥五郎は台所口を走り出て、裏手の庭へと向かった。

時間は少しばかり遡る。赤鬼ノ一郎と蝮ノ文次は、同心屋敷の生け垣の陰に身を潜めながら、注意深く屋敷内の様子を窺《うかが》っていた。

「八巻は岡っ引きを引き連れて川向こうに出張ってる。屋敷にいるのは下女が一人だけのはずだぜ」

美鈴と卯之吉を混同している一郎はそう決めつけた。同心のような微禄の者に家来などがいるはずはないから、そう判断するのが当然なのだ。

一郎は物干し台に目を向けた。

「産着は、干されてねぇ」

文次は険しい顔つきで頷いた。

「どうやら藤吉に着せられているようだな」

「どうするよ、蝮ノ」

「座敷に踏み込んで、ひん剝いてやるまでよ」

「大騒ぎになるぜ」

ここは八丁堀の組屋敷で、周囲はすべて同心の屋敷だ。

しかし文次は臆することなく腰をあげた。

「そのために増上寺とやらに、役人どもを引きつけたんじゃねぇか」

「違ぇねぇ」

二人は腰を屈めた格好で八巻家の庭に踏み込んだ。途端に、赤ん坊が大声で泣き始めた。水谷弥五郎とお仲が台所で聞いた泣き声だ。

普通の曲者なら「しまった」と顔色を変えるところなのだが、文次は逆にほくそ笑んだ。

「藤吉の居所が知れたぜ」

濡れ縁に足をかけ、障子に手を伸ばして開け放つ。

「いやがったぞ」

布団に寝かされた赤ん坊を見つけた。

赤鬼ノ一郎は苦々しげに顔をしかめた。

「綿の布団なんかに寝かされていやがるぜ」

稲藁や枯葉を布団代わりにして育った男たちだ。贅沢《ぜいたく》な暮らしは見ているだけでも癪《しやく》に障る。

文次は泥まみれの草鞋で座敷に踏み込もうとした。その時であった。

「待てィ！」

大喝しながら、むさ苦しい浪人者が突進してきた。

「貴様ら！　同心の屋敷になにゆえあって忍んで参ったかッ！」

腰の刀には反りを打たせている。凄まじい殺気だ。文次と一郎は驚愕《きようがく》した。

「な、ナニモンだいッ」

文次が顔を真っ赤にして叫び返すと、浪人は激怒した様子で言い返してきた。

「他人《ひと》の屋敷に忍び込んでおきながら『何者だ』とはおこがましい！　貴様たちこそ何者だ！」

その時、赤鬼ノ一郎が「アッ」と叫んだ。

「お前ぇは……まさかッ、人斬り浪人の水谷弥五郎ッ？」

弥五郎の顔つきも変わる。

「どうして、わしの名を存じておる」

そこへ黒羽織姿の由利之丞がヒョッコリと顔を覗《のぞ》かせた。一郎の動揺が頂点に達した。

「げえッ！　八巻！」

細身の体軀《たいく》をチラッと見て、同心八巻が駆けつけてきたのだと思い込んだのだ。

文次と一郎は反射的に懐の匕首《あいくち》を抜いた。

弥五郎の目がギラリと光った。

「推参なり！」

生意気な——という意味を籠《こ》めながら踏み込んで、腰の大刀を一閃《いっせん》させる。

ギインッと音をたてて文次の匕首がはね飛ばされた。弥五郎は峰を返すとその峰で、文次の肩をしたたかに打ちすえた。

「ぐわっ！」

瞬時に文次が昏倒《こんとう》する。

「あわわわわッ」

赤鬼ノ一郎が怖《お》じ気《け》づいて背後に下がった。悪事を働く際には真っ赤に紅潮する顔が、恐怖で真っ青になった。

弥五郎は倒れた文次を踏み越えると赤鬼ノ一郎に突進した。

「トワアアアッ！」

気合もろとも峰打ちに振り下ろすと、さしもの悪党が手も足も出せず、匕首で身を庇《かば》うこともできずに叩きのめされた。悲鳴を上げて文次と同様、たったの一太刀で失神した。

由利之丞とお仲が走ってきた。

「やったね、弥五さん！　これでまた若旦那からご褒美を頂戴できるよ！」

由利之丞が無邪気に声をかける。弥五郎は腹の底に溜まった息を大きく吐き出しながら納刀した。

お仲が倒された二人の悪党を繁々と見つめ、それから弥五郎を見上げた。

「てぇしたもんだ。あんたに殴りかからなくて良かったよ」

「二人を縛る縄をくれ」

「あいよ」

お仲は物置に走って、荒縄を持ってきた。弥五郎は荒縄を受け取ると、文次の衿を摑んで半身を引き起こした。

その時、着物が乱れて片肌が露になった。

「ムッ」

弥五郎の目つきが変わった。由利之丞は不思議そうに訊ねた。

「どうかしたのかい」

「これを見ろ」

文次の肩には蜘蛛《くも》の入れ墨が彫られていた。

「そっちのヤツの肩も剝《は》いでみろ」

由利之丞は言われるがままに、一郎の着物を引き下ろした。

「同じ蜘蛛の彫物があるよ」

「うむ。この揃いの彫物は……、噂で耳にしたことがある。神竜一家の印だ」

「神竜一家？　なんだいそれ」

「上州を荒らし廻っておった盗人どもだ。わしも上州で用心棒稼業をしておった。この男、わしの顔と名を知っていたのだから、間違いなく上州の者だ。うむ。神竜一家の者どもと見て間違いあるまい」

弥五郎は、いっそうきつく、文次と一郎を縛り上げたのであった。

五

「なにっ、一郎と文次が捕まっただとッ」

隠れ家の台所の板敷きで棒立ちになって、六太郎が目を剝いた。

「へ、へいッ。そうなんで」

三下の子分が台所の三和土で土下座をして低頭した。この若い者がしくじりをしたわけではないのだが、土下座せずにはいられぬ気分だったのだろう。

この若い者は赤鬼の一郎と文次の首尾を見張る役目を負っていた。命じたのは六太郎だ。

若い者は恐怖に身震いしながら六太郎を見上げた。

「八巻の屋敷に忍び込んだ兄ぃたちは、八巻と手下の浪人者の手にかかって、捕まっちまいやした……」

「どうして八巻が屋敷にいるんだ！　横川の近くにいやがったんだぞ」

「そんなこと言われても。兄ぃたちは『八巻！』と声を上げて驚いていやしたし、あっしも、お役者みてぇな色男が、黒巻羽織姿で出てきたのを遠目にしたんで」

若い者は唇を震わせ、さらにはゴクッと喉を鳴らした。

「あっしは、八巻と目が合いそうになったんで、身を伏せて隠れたんですが、兄ぃたちが戦う物音は聞こえやした。あんなに強かった赤鬼ノ兄ぃと蝮ノ兄ぃが、あっと言う間に倒されたんですぜ……。そんな離れ業ができるのは剣客同心の八巻しかいねぇんじゃねぇんですかい」

「くそっ、八巻め！　どういうわけで屋敷に戻ったんだ」

赤鬼ノ一郎と蝮ノ文次が八丁堀に向かったことを突き止めて、その後を追ったとでもいうのか。もしもそうだとしたら、すでに一家の内情は八巻によってあらかた摑まれている、ということになる。

六太郎は一瞬の内に決断した。

「一刻も早く、ここからずらかるぜっ！」

若い者は不思議そうに六太郎を見つめた。

「隠れ家を引き払う……ってことですかい？」

「おうよ！　八巻の手が伸びて来やがったんだ。こんな所にゃあ寸刻たりとも居られやしねぇぞ」

「へ、へい……！」

「八巻がこの隠れ家までは突き止めてはいなかったとしても、赤鬼と文次が役人に拷問されて、白状しちまうってことも考えなくちゃあならねぇ」

「確かに」

「手前ぇたちの塒だって危ねぇぞ。今住んでいる長屋は引き払え！」

「でも親分、新しい隠れ家はどうやってみつけなさるんで？」

「そんなこたぁ、どうでもいいんだ！」

六太郎は、上州へ逃げ帰りたい気分になっていたのだ。

「急げ急げ！　すぐにも捕り方がやって来やがるぞ」

六太郎は子分ども全員に報せるように命じると、扇屋から奪った金子《きんす》を取りに座敷に戻った。

「神竜一家の子分を捕まえただとッ」

村田鋏三郎が血相を変えながら小伝馬町《こでんまちよう》の牢屋敷に飛び込んできた。

赤猫で焼かれてしまい、建て直されたばかりの牢屋敷は、柱も板壁も明るい白木で、いま一つ凄みに欠けている。その真新しい詮索所の石畳の上に赤鬼ノ一郎と蝮ノ文次が座らされていたのであった。

卯之吉は入牢の手続きのために牢屋敷内の与力用部屋にいた。そこへ村田が飛び込んできたのだ。

「ああ、これは村田様」

卯之吉はしれっとした顔つきで低頭した。

川向こうから屋敷に戻った卯之吉は、水谷弥五郎から二人の悪党を引き渡された。卯之吉は「やっと我が家に帰ったばかりなのに億劫《おつくう》ですねぇ」などと言いながら仕方なさそうに、悪党二人を牢屋敷まで引っ張ってきたのだ。

「やいッ、ハチマキ！」

村田鋏三郎がギリギリと歯を噛み鳴らしながら卯之吉を睨みつけた。

「悪党どもを、どこで捕らえたッ」

凄まじい形相であるが卯之吉は、どこ吹く風という風情で答えた。

「八丁堀の、あたしたちの組屋敷ですよ」

「なんだとッ。悪党どもめ！　こっちの手の内を探ろうと八丁堀に忍び込んで来やがったのかッ！」

（怒髪天を衝くとはこのことですねぇ）などと卯之吉は思った。

村田が卯之吉に向かって目を剝いた。

「でかしたぜ！」

（褒めるおつもりなら、それなりのお顔と口調で褒めた方が宜しいのではないでしょうかねぇ）などと卯之吉は思った。

「しかしですねぇ村田様。これはあたしが捕まえたわけではなくて、ええと、その……」

水谷弥五郎の手柄だと伝えようとしたのだが、その時にはもう、村田銕三郎は詮索所へ走っていた。

「ほんと、慌ただしいお人ですねぇ」

などと呟きながらほんのりと微笑んだその時、もう一つ、別の慌ただしい足音が近づいてきた。

「旦那！　やっぱりここでしたか。お屋敷に伺ったらいらっしゃらねぇもんで、それでお仲を問い詰めると『牢屋敷へ行った』と言いやがるもんで、こうして駆けつけてめぇりやした」

今度は三右衛門が飛び込んできたのだ。

「おや、荒海ノ親──じゃなかった。あたしの手下の三右衛門じゃないかね」

牢屋敷の役人たちも見ている。迂闊《うかつ》な物言いは禁物だ。

「どうしたね。そんなに慌てて」

「へい！　どうやら悪党どもの隠れ家らしいのをつきとめやしたぜ！　川向こうの小梅村に、人相の悪い他国者が盛んに出入りしていやがるって噂の、胡乱《うろん》な屋敷があったんでさぁ！」

「ほう」

「それから悪党一味の素性も知れやした。神竜ノ権太夫って一家の残党らしいですぜ！」

卯之吉は立ち上がった。

「ちょうど良かった。詮索所に村田さんが来てるからね。捕り方を出してもらうとしようよ」

三右衛門はちょっとばかり不満そうな顔をした。

「村田なんかに手柄をくれてやるこたぁねぇですよ」

「そうは言っても、あたしには捕り方の差配は無理だよ。捕り物出役なら当番与力様にご出馬を願わなくちゃならないし」

「まったく、役所って所は、いちいち面倒臭ぇもんですな」

牢屋敷の役人たちが聞いているにも拘わらず、三右衛門は悪態をついた。それから卯之吉の耳元に口を寄せた。

「こいつは、旦那の胸にだけ納めておいて欲しいんですがね」

「なんだえ？」

「権太夫の情婦《イロ》だったってぇ女をみっけやした」

「ほう」

「旦那のお屋敷に連れて行ったんですが、どうやらこの女が、例の赤ん坊の母親らしいんで……」

「なんだって！」

それまでは何を伝えても代わりばえのしなかった卯之吉の顔つきが急に変わった。滅多にないことに目まで見開いて三右衛門を見つめ返したのだ。

六

南町奉行所を発した捕り方は六丁櫓《ろ》の鯨船《くじらぶね》に分乗して、勇躍、大川東岸の小梅村に向かった。通常の舟は一丁の櫓で漕ぐのに対して鯨船は、六人の水夫《かこ》が六丁の櫓を漕ぐ。江戸の川船としては最速を誇る高速艇だ。鯨のように早く走るということでその名で呼ばれていた。

村田たち同心と南町奉行所の小者たちは、捕り物の時だけ使われる実戦向きの長十手と、刺股《さすまた》や袖搦《そでがらみ》などの捕り物道具を手にして、三右衛門が見つけた屋敷へ向かった。十重《とえ》二十重《はたえ》に取り囲んでから、御用提灯《ちょうちん》に火をつけた。

「南町奉行所であるッ！」

当番与力が大喝し、三つの波（ミナミを現わしている）が描かれた高張提灯が掲げられた。

「かかれッ！」

与力の発令で捕り方たちが屋敷に突入した。村田は先頭を切って走った。雨戸を蹴破って屋敷の中に踏み込んだ。

しかし、屋敷の中には何者の姿も見当たらない。

小者たちも、「誰もいません！」「ここにも一人もおりません！」などと虚しく声を上げるばかりだ。

「くそっ」

村田は小者たちを押し退《の》けながら台所に向かった。土間に飛び下りて竈《へっつい》を覗きこむ。

竈の炭は、まだ熾火《おきび》を上げていた。

「ついさっきまで、確かにこの屋敷にいやがったんだ！」

僅《わず》かな差で逃げられてしまった。

尾上伸平がやって来た。

「三右衛門が隠れ家を探っていることに気づいて逃げたんでしょうかね」

村田は首を振った。

「八巻が捕らえた子分二人が口を割ると思って逃げたんだろうぜ」

いずれにせよ、捕り物は空振りに終わった。村田は、竈の脇に転がっていた小桶を悔し紛れに蹴飛ばした。

第六章　捕り物中山道

一

村田たちが小梅村の隠れ家に突入していた頃――、
卯之吉は銀八と三右衛門を従えて、八丁堀の屋敷に戻った。

屋敷の台所では女が一人、きちんと膝を揃えて正座して、窶《やつ》れた面を伏せていた。

卯之吉が台所に入っていくと、女は同心の入来だと覚《さと》り、縄付きの身で苦労しながら低頭した。

三右衛門が女の斜め後ろに立つ。卯之吉が一段高い板ノ間に座るのを待ってから、女の身元を明かした。

「ここに控えていやがるのが、神竜ノ権太夫の情婦《イロ》だったっていう、お兼にございまさぁ」

それからお兼に顔を向けて、

「八巻様だぞ」

と教えた。

「お兼さんだね。まぁ、お楽になさるといいよ」

卯之吉はそう言ってから、ほんのりと笑って、

「と言われても、そんなにきつく縛られたお身体じゃあ、楽にしろってのも無理な話かねぇ」

などと軽口を叩いた。

お兼は、想像とはかなり異なる辣腕《らつわん》同心の物腰にうろたえた様子であった。恐る恐る三右衛門を見上げた。

三右衛門は渋い表情で答えた。

「旦那は何事につけ、八方破れな御方なんだ」

台所の土間にはドロ松たちの他にも、代貸の寅三《とらぞう》など、荒海一家の切れ者が押しかけてきている。神竜一家がお兼を取り返しに来ることを心配したようだ。そ

の寅三が口を開いた。

「あっしらで問い詰めやしたんですが、旦那がとッ捕まえた二人は赤鬼ノ一郎と、蝮ノ文次ってぇ悪党らしいですぜ。それから、旦那が小柄《こづか》を投げつけて手傷を負わせた野郎は、赤鬼ノ一郎の弟の、黒鬼ノ二郎ってぇ悪党なんだそうで」

「はぁ。あたしが手傷をねぇ……」

卯之吉はチラリと美鈴を見た。美鈴は涼しい顔をして板敷きの奥に端座している。自分の活躍を卯之吉の手柄とすることは本望の様子であった。

「それから旦那」

寅三が険しい顔つきを綻《ほころ》ばせた。強面《こわもて》のヤクザ顔ながらも優しげな笑みを口元に浮かべた。

「このお兼が、あの赤ん坊のおっかさんでしたぜ」

「やっぱりそうかい。それは良かった。これでまずは一安心だ」

荒海一家の子分たちも、親には恵まれなかった者が多い。母子の対面が叶《かな》って喜び、安堵《あんど》する様子であった。

しかし――お兼だけは苦悶《くもん》しながら顔を伏せた。

「手前のような女が母親では、藤吉が一生浮かばれません……！　どうか手前のことは、藤吉には内緒に願いあげます……」

寅三たちは即座に「ははぁ」と納得した。

「そういうわけがあって、入江町の番太郎に赤ん坊を預けたのかよ」

母子の縁を切ってまで、子供には真っ当に育ってほしかった――荒海一家の悪党たちには良く理解できる心情だ。身につまされる話であった。

「それはわかりましたがねぇ。しかしですねぇ」

卯之吉だけが怪訝《けげん》な顔つきで訊ねた。

「どうして、あたしなんかに、大事な子を預けようとなすったのかねぇ？」

三右衛門がお兼の肩を小突く。

「旦那がお訊ねだぞ。キリキリとお答え申し上げろ」

お兼はもう一度平伏してから答えた。

「ご迷惑とは存じましたが、すべては子を思う一心でしでかしたこと……。どうぞ、お許しを……」

「許すも許さないもないけれど、どうしてかね」

「悪党の掟は厳しゅうございます。一家から足抜けをしようとすれば、手前も藤吉も、一家の者たちにどこまでも追いかけられて、ついには殺されてしまうのでございます」

「それは酷《ひど》い話だねぇ。なんとかならないのかねぇ」

お兼は顔をあげた。

「手前もそう考えまして、八巻様のお袖にお縋《すが》りするより他にないと」

「あたしの袖？」

卯之吉は片腕をちょっと上げて、黒羽織の袖を見た。

「この袖が、どんな頼りになるのかねぇ？」

「旦那は江戸一番の同心様。きっと神竜一家を一網打尽に、お縄にしてくださることでしょう。そうすれば、手前の身はともかく、藤吉だけは救われます。そんな浅はかな考えで、藤吉を八巻様のお手許に届くように図ったのでございます」

三右衛門は「フン」と鼻を鳴らした。

「悪くねぇ思いつきだ」

三右衛門はお兼と同様、卯之吉のことを辣腕の剣客同心だと信じ込んでいる。

「だがな女狐《めぎつね》、それならどうして『畏《おそ》れながら』と訴え出て来なかったんだよ？お前《め》ぇが最初に一味の隠れ家を白状していれば良かったんだぜ」

「一味を率いる六太郎は、やたらと頭の回る男でございます。そのうえかなりの小心者。手前が逃げたことを知れば、即座に隠れ家を変えましょう」

「なるほど。だからお前ぇは『一味の隠れ家は知らねぇ』と言ったのか」

「本当に存じませぬ。それに手前勝手な考えもございました。同心様には捕まりたくない。手前も権太夫の情婦だった女……。権太夫の悪事に加担してまいりました。打ち首覚悟の身にございます。しかしそれでは藤吉がのちのちまで、罪人の子だと後ろ指をさされて生きて行かねばなりませぬ。それだけは、あまりにも不憫《ふびん》……」

卯之吉は首を傾《かし》げた。

「そこまではよくわかったけど、それなら別に、あたしに預けなくても良かったんじゃないかな。赤ん坊を育ててくれるお人はいくらでもいる」

「それは、八巻様に一家を捕らえていただきたかったから」

「ふん？　そこがよくわからないよ」

「手前は策を講じたのです。八巻様のお屋敷に、どうでも一家の者どもが押しかけてくる策を」

「悪党が〝赤ん坊一人を生かしておけない〟と考えるとでも？　それであたしの屋敷に押し寄せて来ると？　そうかなぁ」

三右衛門も首を傾げた。

「冷酷非道な悪党のことだ、藤吉を見せしめにしとかねぇと一家の中から別の裏切り者が出る――とは考えるかもしれねぇが、旦那の屋敷に押し込むなんて無茶はするめぇ。命がいくつあっても足りやしねぇぞ」

お兼も頷《うなず》いた。

「ですから手前は、わざと一味の者に聞かせるようにして、嘘をついたのでございます」

三右衛門が眉根をひそめた。

「どんな嘘だよ」

「はい。藤吉の産着《うぶぎ》には、権太夫が上州の商家から奪った金の、隠し場所を示す地図が縫いつけてある――と」

「あっ」と、美鈴が叫んだ。

「そういうことだったのか」

卯之吉も感心した様子で頷いた。

「それで曲者《くせもの》は物干し台なんかに登ろうとしたんだね。なるほどねぇ。これでようやく腑に落ちたよ」

謎が解けてスッキリ、という顔つきで微笑した。

「あんたは妖怪の産女《うぶめ》なんかじゃなかったし、赤ん坊もご落胤《らくいん》ではなかったんだ。あはは。とんだ思い過ごしだったよ。あははは」

三右衛門には、なんの話か理解できない。

「旦那、そうとわかったら神竜一家はほっとけやせんぜ！　どうでもお白州に引き出してやらねぇことには、この三右衛門の気が済まねぇ」

「そうだねぇ。村田さんたちがお縄にできているといいけどね」

お兼が訊ねる。

「六太郎たちの居場所が知れたのですか」

三右衛門が胸を張った。

「おうよ。オイラたちが見つけたんだ。今頃は捕り方が押し込んでらぁ」

お兼は首を横に振った。

「捕まえられはしないでしょう。六太郎は赤鬼ノ一郎と蝮ノ文次が捕らえられたことを知っているはず。手下が捕らえられたなら、すぐに隠れ家を変えるのが神竜一家の習わしでございます」

「おやまぁ。村田さんたち、とんだ無駄足だねぇ」

「オイラたちの苦労も水の泡かよ、クソッ」

お兼も表情を暗くさせた。

「手前もいつになったら安堵できるのか……。あの者たちが一人でも生き残っている限り、藤吉の身が案じられてなりませぬ」

三右衛門とお兼の顔つきを交互に見てから卯之吉が「うふふ」と笑った。

「それなら心配はいらないでしょうよ。神竜一家のお人たちは、あたしたちの手で一網打尽にできますよ」

三右衛門とお兼は、驚いて卯之吉に目を向けた。

二

闇の中を神竜一家が駆ける。

赤鬼ノ一郎と蝮ノ文次は捕らえられ、黒鬼ノ二郎は手傷を負わされ、お兼と富蔵と新八を失ってしまったが、それでも上州の山野で鍛えられた盗賊たちの意気は衰えなかった。

「捕り方は川向こうに出張っている！　今が好機だ、やっちまえ！」

六太郎が走りながら吠えた。なんと一家の者どもは、この気を逃さず押し込み強盗を働こうとしていたのだ。

役人が動けばその虚を衝いて、遠く離れた場所に押し込む。役人の動きを逆手に取り、その体面に泥を塗りこむやり口だ。この手で上州の役人たちを散々に翻《ほん》弄《ろう》し続けてきたのであった。

六太郎は、自分たち一家が八巻に圧《お》されっぱなしであることは自覚していた。いずれ江戸から逃げ出さねばならない。さもなくば遠からず八巻の縄にかかってしまう。

「だがよ、手土産の一つぐらい奪ってやらねぇことには、こっちの気持ちが治まらねぇ!」

捕り物に出役した(と六太郎は信じている)八巻の裏をかき、せめてもの意趣返しをするのだ。まだ十名以上の子分が残っている。押し込みを働くには十分な手勢であった。

「いったい、何者の讒言《ざんげん》があって、こうなったのか」

南町奉行所の同心、玉木弥之助がブツブツと文句を言いながら夜道を歩いている。

「村田さんも尾上も捕り物に出役したというのに、どうして俺だけが除《の》け者なんだよ！」

憤懣《ふんまん》やる方ない様子で、軒下の天水桶などを蹴った。

玉木は定町廻の同心なのだが失態ばかりを重ねていたので、ついに捕り物から外されてしまったのだ。

元々が才覚のあるほうでも、覇気のあるほうでもない。白い肌はポッチャリと良く肥えていて、剣術の腕もからきしだ。

こんな男が花形のお役である定町廻に就いていたのは、彼の父親が村田たちを育てた名同心だったからだ。村田としても義理があるから弥之助の面倒を見てきたわけだが、いい加減、愛想も恩義も尽き果てつつあった。

玉木弥之助は無気力で怠惰なくせに自尊心だけは一人前だ。こうなったのは誰かの陰謀に違いない、自分を故意に貶《おとし》めようとしている者がいるのだ、などと、ひとしきり妄想を膨らませては愚痴《ぐち》をこぼし続けた。

いつものように烏金ノ小平次がお供をしている。しかし、その足取りは重い。

(俺もそろそろお暇を頂戴するべきか)

弥之助が当主となった玉木家とは縁を切ってしまいたい、などと考えないでもないのだが、しかし〝同心の手下〟という金看板を失ってしまったら、稼業である烏金も上手くいかなくなってしまう。

と、そんなことを考えていた時、

「旦那……！」

小平次の目が異変を捉えた。

「ん？　なんだよ」

なにも気づかぬ玉木が膨れっ面のまま振り返った。小平次は腰帯の後ろに差してあった十手を引き抜いて、道の先に向けた。

「曲者ですぜ！」

「なにっ」

玉木弥之助も目を向ける。闇の中を黒装束の一団が夜行性の獣のように走ってきた。

「な、なんだ、あいつらは！……小平次、なんなんだあいつらは？」

途端に及び腰になって身を震わせる。小平次の身体にしがみつこうとさえした。

「なんだ……って訊《き》かれても、曲者に決まってるじゃねぇですか！　やいッ、そこの手前《てめ》ぇたち！」

「ま、待て！　我らがここにいることをヤツらに気づかれる！」

「なに言ってんですかい！……やいッ！　こっちは南町奉行所同心、玉木の旦那とその手下だッ。曲者ども！　神妙にしやがれッ」

「あわわわわ……」

玉木はほとんど目を回しそうになっていた。小平次は旦那には構わず、呼子笛を吹き鳴らして応援を呼んだ。

黒装束の一団は、同心と手下がそこにいると知っても臆することなく突っ込んできた。それればかりか雄叫《おたけ》びを上げると懐の匕首《あいくち》を一斉に引き抜いたのだ。

玉木はものも言わずに身を翻《ひるがえ》して逃げ出した。

「あっ、旦那ッ」

置き去りにされた小平次が焦る。

「くそっ、ここは一旦退《ひ》くぜ」

玉木を追って小平次も逃げた。

同心主従を追い払った神竜一家はますます勢いづいた。

「呼子笛が吹かれたぜ！　番太郎どもが集まって来る前に一暴れだ！」

六太郎は一軒の商家を指差した。たまたま六太郎の目についたのがこの商家にとっては運の尽きだ。神竜一家が「おうっ」と応えて総出で表戸に突進し、頑丈なはずの板戸をあっと言う間に蹴破り、破砕した。

「行けッ、奪ぇッ、皆殺しにしろッ！」

六太郎が憑《つ》かれたような目つきで叫ぶ。神竜一家に踏み込まれた商家から、男女の悲鳴が聞こえてきた。

「おや？　なんだろうね」

卯之吉はヒョイと首をあげた。外に顔を向けて耳を澄ましている。

そこへ銀八が滑稽な物腰ながらも血相を変えて飛び込んできた。

「火事でげす！　西の空が赤くなってるでげすよ！」

「やっぱり、半鐘の音か」

卯之吉は大きく頷くと、スックと立ち上がった。

野次馬根性で火事場見物に走ろうという、酔狂な放蕩者《ほうとうもの》らしい魂胆であったのだが、卯之吉の本性を知らない三右衛門たち荒海一家とお兼の目には、勇躍、火事場に出役する辣腕同心の姿と映った。

「おいッ、野郎ども！」

三右衛門が子分に呼びかける。子分たちも一斉に勇み立った。卯之吉に従って火事場に走ろうという意気込みだ。

卯之吉は土間に飛び下りながら、何事か思いついた顔つきで言った。

「だけど、お兼さんと赤ん坊から目を離すわけにはいかない」

三右衛門が力強く頷いた。

「寅三たちをつけまさぁ。おうッ寅三！　お前ぇは五人ばかり子分を指図して、お兼と赤ん坊を守れ！　でぇじな生き証人だ。神竜一家なんかに攫《さら》われるんじゃねぇぞ！」

「合点だ」

美鈴も刀を腰に差しながら立ち上がる。

「わたくしもお兼殿と赤子を守ります」

「頼みましたよ」

言うやいなや卯之吉は表へ飛び出した。

「やぁ、これは酷い」

息を切らしながらも火事場見物となれば疲れも知らずに走ってきた卯之吉は、火勢の凄《すさ》まじさに呆然《ぼうぜん》となった。

「どうしたら、こんなに燃え広がるのかねぇ」

同心という身分もすっかり忘れて紅蓮《ぐれん》の炎に見入っている。三右衛門たちは何も命じられなくても心得ていて、

「八巻の旦那のお出ましだ！　やい町人、行儀よく道を空けろ！」

などと怒鳴って、野次馬たちを捌《さば》いた。

そこへ、纏《まとい》持ちを先頭にして火事場道具をかついだ町火消が駆けつけてきた。

三右衛門が野次馬を捌いたお陰ですんなりと火事場に向かうことができた。

三右衛門の声が聞こえていたのであろう。紅い袖の火事場半纏《はんてん》を着た頭《かしら》がやって来て、卯之吉の前で低頭した。

「め組の半治《はんじ》にございやす。お出役、恐れ入りやす」

卯之吉の指図で火事場の整理が行われていると勘違いしたのだ。

町火消の頭といえば町人の大親分なのだが、卯之吉は鷹揚《おうよう》に頷き返した。

「あい、頑張っておくれ」

なんだか気合の抜けきった返事だが（これはよほど腹の据わった旦那であるのに違いない）という顔つきで、め組の半治は火消を従えて走っていった。

町火消が火事場に取りついた。いよいよ面白くなってくる。卯之吉は子供のように目を光らせながら火事に見入った。炎には人を魅了する魔力があるらしく、三右衛門まで陶然として、火消の活躍を見守ったのだ。

そこへ、烏金ノ小平次がよろめきながらやってきた。

「旦那ッ、ああ、やっぱり八巻の旦那だ！」

地獄で仏に巡り合ったかのような顔をしている。卯之吉もさすがに我に返って、小平次を見つめ返した。

「どうしなすったね。そんなに憔悴《しょうすい》なさって」

小平次は卯之吉の袖にすがりついた。

「やっちまった！　とんでもねぇしくじりだ！」

三右衛門が小平次に活を入れる。

「やいっ、しっかりしろ！　わかるように言いやがれ！」

小平次は目に涙まで浮かべて、唇を震わせた。

「この火事は、付け火なんでさぁ……！　やり口から見て間違いねぇ。神竜一家だ。神竜一家が押し込みを働いた後で、町家に火を放ちやがったんだ！」

「なんだとッ！」

激昂《げっこう》したのは三右衛門だ。

「神竜の餓鬼どもは、どっちへ逃げやがったんだ！」

「わからねぇ……。なにしろこの野次馬だ」

卯之吉は「ははぁん」と相槌を打った。

「方々から町火消の衆が駆けつけて来るからねぇ。神竜一家が徒党を組んで走って逃げても、火消の衆だと勘違いされる――という奇策ですかねぇ？」

のほほんと感心している卯之吉とは正反対に、三右衛門は怒気を滾《たぎ》らせて吠えた。

「くそっ、神竜一家め！　もう勘弁ならねぇッ！」

夜中ではあるし、火事の炎で誰も彼もが黒い影のようになっている。誰が怒鳴ったのかはわからない。野次馬たちは、人斬り同心の八巻が激昂したのだと勘違いして、一斉に後ずさりをした。

三

「重ね重ねの失態ッ、なんたること！」

内与力の沢田彦太郎《さわだひこたろう》が青黒い顔を真っ赤に染めて激怒した。南町奉行所、同心詰所の板敷きに、村田銕三郎をはじめとして同心たちが平身低頭している。叱られるまでもなく、上司に合わせる顔のない気分であったはずだ。

「このままでは、お奉行のご進退にも関わるッ」

沢田は悲鳴にも似た怒声を張り上げた。

南町奉行本人は、江戸城の御殿に登城して、今頃は老中からこってりと油を絞られているはずだ。奉行の御身大事で凝り固まっている沢田としては、いたたまれない心地であった。

「三日のうちに神竜一家なる凶賊どもを召し捕って参るのだ！」

などと大声を出しつつも、その視線はどことなくオドオドと、平伏した同心たちの頭上を彷徨《さまよ》っている。

（八巻は、八巻はどこじゃ……？）

すがるような目つきで、卯之吉の姿を探していたのである。

（お怒りのご老中様がたのご機嫌を取り結ぶことができるのは、大枚の賄賂《まいない》しかない……）

それを用立てることができるのは卯之吉しかいない。

ところが、その卯之吉の姿が見当たらないのである。

（どこへ行ったのじゃ！　この大事な時に！）

沢田の身体は、今度は怒りではなく、不安によって震え始めた。

「大金をせしめた神竜一家は、お役人様がたの手の届かぬ場所へ逃げようとするに相違ございませぬ。それが一家の手口でございました」

台所の三和土に正座したお兼が言った。板敷きでは卯之吉がノンビリとした顔つきで聞いている。

卯之吉はお兼に「座敷に上がるように」と勧めたのだけれど、お兼は「手前は悪党の一味でございますから」と言って、三和土から動こうとはしなかった。

お兼の周りには三右衛門たち荒海一家の姿もあった。今朝のお兼は縄を解かれている。腕には藤吉を抱いていた。

藤吉は母親に抱かれていると理解している様子で、むずかることもなく、静かに寝息をたてていた。

卯之吉はお兼に質《ただ》した。

「すると神竜一家は、江戸で奪った金を背負ってどこか遠くへ逃げる――というんだね」

お兼は深刻な顔つきで頷いた。

「江戸で一旗揚げようと目論《もくろ》んでいた一家ではございますが、八巻様の執拗《しつよう》など詮議を受けて弱腰になっておりましょう。大金を手にした今、きっと逃げ出す算段をしているに違いありませぬ」

「だとしたら、どこへ逃げるだろうね」

「おそらくは土地に馴染みのある上州……。神竜一家にとって江戸は不案内でございますから、隠れ潜むことはできますまい」

「ふむ」

「旦那！」

三右衛門が身を乗り出してきた。

「このままじゃあ南町奉行所の面目が――いや、奉行所の役人どもの面目なんざ、どれだけ潰れたってかまいやしねぇんですが、八巻の旦那のご面目にまで傷がつくことになりやすぜ！　それになんだか、江戸っ子全員がコケにされたような気分になってきやした！」

「そうだねぇ。それにだね、こんな凶賊を黙って上州に帰したとあっては、あちらの皆さんがたいそうご迷惑なことだろう。ここはどうでも捕まえなくちゃならないだろうね」

「しかし、山猿どもめ、どこへ逃げ隠れたのか皆目、見当がつかねぇ」

卯之吉はほんのりと笑った。

「だからね。昨日も言ったけど、一家を誘い出す手立てがあるんだよ」

「それはどんな？」

「赤ん坊の産着さ」

卯之吉は藤吉を見た。三右衛門とお兼も、釣られて藤吉に目を向ける。

「神竜一家は、その産着にお宝の地図が隠されていると信じてる。お兼さんが赤ん坊を抱いて道を歩けば、すぐに釣られて出てくるはずさ」

「なるほど！」

三右衛門と荒海一家の子分たちが色めきたった。卯之吉は続けた。

「神竜一家が江戸から上州へ逃げるとするなら、中山道を通るはずだね。だからこっちはお兼さんに、本郷から板橋の間を歩いてもらえばいいんじゃないかね。そうすればきっと、ヤツらと鉢合わせをするさ」

「さすがは旦那だ！　智慧《ちえ》の巡りが半端じゃねぇぜ！」

三右衛門と子分たちが盛んに褒めそやした。卯之吉は激しく照れて顔を赤く染めた。

「しかし……」と一人だけ深刻な顔つきで呟《つぶや》いたのは美鈴であった。

「お兼殿を一人で歩かせるのはあまりにも危うい。相手が欲しがるのは産着だけであるはず。お兼殿と藤吉の命は問わずに襲いかかってまいりましょう」

「そうだねぇ」

卯之吉が困り顔になると、お兼が決然と顔を上げた。

「いえ、やらせてください！」

卯之吉は困った顔をした。

「今、こちらが仰ったように、この役目は剣呑《けんのん》ですよ。神竜一家は手段を選ばぬ連中のようですし」

「もとより覚悟のうえにございます」

お兼は悲しげな表情で我が子を見つめた。

「心ならずも手前は、権太夫の下で悪事を重ねてまいりました。これはその罪滅ぼし……。神竜一家をお縄にかけることができるのであれば、あの者どもの手にかかろうとも、本望にございます」

「ようし、良く言った！」

三右衛門が吠えた。

「お前ぇにゃあ、この三右衛門と荒海一家がついてるぜ！　それにだな、神竜一家がまんまと釣りだされてくれば、江戸一番の剣客の八巻様がすぐさま駆けつけて来てくださるんだ！　大船に乗ったつもりでいやがれ！」

お兼は深々と低頭した。

「有り難いお志にございまする」

卯之吉は〝江戸一番の剣客〟という条《くだり》はまったく腑に落ちなかったのだが、ともかくにも急がなければ神竜一家に逃げられてしまうと考えて、腰を上げた。

「それじゃあ、そういう手配りでゆこう。おやぶ——三右衛門、頼んだよ」

「合点で」

三右衛門は不敵なツラ構えで低頭した。

四

八丁堀の屋敷を出たお兼と三右衛門は、日本橋を北上して神田川を渡った。神田明神の門前を目指して歩いていく。

お兼と三右衛門にはドロ松たち三人の子分がついていた。総勢で五人だ。三右衛門と子分たちの全員が旅姿で、腰には長脇差を差していた。町人も旅の最中だけは護身用に刀を差すことが許されるのだ。お兼は笠を被り、旅塵除《りょじんよ》けの浴衣を着けて背中には赤ん坊をおぶっていた。

神竜一家に残された総勢は十一名だとお兼は言う。三右衛門を含めた四人という護衛は、十一人全員で襲わなければ産着は奪えないと六太郎に判断させるための人数だ。

もちろん、十一人の凶賊が襲いかかってきたら不利は免れない。命懸けの決死行であった。

三右衛門は、顔だけ前に向けながら、背後の気配に意識を集中させている。何者かが後を追っけてくる気配をすでに感じ取っていた。

（神竜一家め、旦那のお屋敷の近くに見張りを立てていたってわけかい）

八丁堀を出た辺りから、笠を目深に被った男が見え隠れについてきたのだ。八巻屋敷の様子を窺《うかが》っていたのに違いない。おそらくは近所の屋敷の庭にでも潜んでいたのだろう。

（やれやれだぜ。近くの屋敷の者どもは、敷地内に曲者が隠れていることにも気づきやしねぇのか）

呆《あき》れ果てたが、お陰で卯之吉の策が上手い具合に進んでいる。

三右衛門は周囲に人気がなくなった頃合いを見計らい、足を止めると、地声の大音声《だいおんじょう》で問うた。

「やい女狐。本当にお宝のありかを知ってるんだろうな」

お兼は無言で頷いた。三右衛門は続ける。

「お宝を差し出すって言うんなら、八巻の旦那もお前ぇのことは目溢《めこぼ》ししてやらねぇでもねぇと仰ってる。だがな、もしもお宝が見つからなかったら、そん時は覚えとけ。このオイラにまで無駄足を踏ませた罪は軽くねぇぞ。旦那のお指図を待つまでもねぇ。ぶった斬ってやるからそう思え！」

怒鳴りつけてから再び歩き始めた。

列の後ろからドロ松が近づいてきて囁《ささや》いた。

「追けていた野郎の気配が消えやしたぜ」

「おう。きっと、六太郎ってぇ親玉に伝えに走ったのに違《ちげ》ぇねぇ」

一行はますます緊張した面持ちとなって神田明神の前を通り抜けると、今度は本郷の坂道へと足を向けた。

「なにっ、お兼が？」

「へいっ！　権太夫親分の隠し金の在《あ》り処《か》を八巻に伝えて、その金で手前ぇの罪状だけはお目溢し願おうってぇ魂胆のようですぜ！」

神竜一家は板橋宿の手前、巣鴨《すがも》に広がる雑木林に身を潜めていた。お兼が推察した通りに、一旦上州へ引き上げようと図っていたのだ。皆、笠を被った旅姿だ。何人かは、銭が入った箱を背負っていた。

六太郎は石地蔵の祠《ほこら》を背にして座っている。その前に幸三が片膝をついていた。

「やい幸三！　お前ぇを八巻の屋敷に張り付けておいて良かったぜ！」

六太郎は喜び半分、悔しさ半分の微妙な顔つきだ。

幸三も苦々しげに顔をしかめた。

「それにしたって八巻の野郎め、虫も殺さねぇようなツラぁしやがって、権太夫の金を横取りたぁ、悪どいにもほどがありやすぜ」

「フン、評判なんてモンは当てにはならねぇ。一皮剝《む》けばこの有り様よ。清く正しい役人なんかいるものか」

ここでニヤリと笑って、六太郎は続けた。

「だがよ、八巻の欲のお陰で、お兼が屋敷の外に出てきやがった」

「へい。確かに藤吉にゃあ、あの産着が着せ掛けられていやした。八巻の手下らしい連中ともども旅姿でいやしたから、上州に向かうに違ぇねぇですぜ」

「その手下ってのは？」

「やたらと凄《すご》みのある五十ばかりの男と、ツラつきの尋常じゃねぇ若いのが三人でさぁ」

「荒海一家だな。八巻め、大事な金蔓《かねづる》のお兼には、頼りになる手下をつけたってことか」

「ですが親分、相手はたったの四人。お兼を入れても五人ですぜ」

「こっちは十一人。荒海一家がどれほどのもんかは知らねぇが、こっちが総がかりで押し包めば、難無く討ち取ることができるだろうぜ。一人が正面から斬り結んで相手の長脇差を受け止め、その隙に別の二人が左右から襲いかかるんだ。三右衛門といえども、手も足も出るめぇよ」

手に晒《さらし》を巻いた黒鬼ノ二郎がいきり立った。

「一郎兄貴の意趣返しだ！　俺はやってやるぜ！」

血を分けた兄は牢屋敷にいる。助け出す手だてはない。せめてもの仕返しをしなければ腹の虫が治まらない。

「裏切りやがったお兼もただじゃあおかねぇぞ」

六太郎は立ち上がった。

「黒鬼の言う通りだ。八巻の子分ともども血祭りに上げてやるぜ！　そして産着を取り戻すんだ！」

悪党たちは「おう！」と拳を振り上げた。


本郷には加賀前田家の上屋敷があった。広大な屋敷を構えることができるということは、つまり、それだけの原野が広がっていた、辺鄙《へんぴ》な土地柄だったということでもある。

前田屋敷の門前を過ぎると、街道を歩く人の姿が目に見えて減った。

（仕掛けて来やがるとしたら、この辺りだな）

小石川と巣鴨——。農地や里山、寺の境内などが広がる寂しい場所だ。

生涯を喧嘩出入りに明け暮れてきた三右衛門も、さすがに緊張は隠しきれず、首筋の辺りにジワリと汗を滲《にじ》ませた。

と、その時である。

「やいっ、お兼！　待ちやがれッ」

案の定、道の脇の木立から旅姿の一団が躍り出てきた。三右衛門たちと同様に長脇差を帯びている。

三右衛門は咄嗟《とっさ》にお兼を背後に庇《かば》った。

「神竜一家かッ」

先頭に立った男が、ふてぶてしく破顔した。

「そうだともよ。この俺が神竜ノ六太郎だぜ。手前ぇが荒海ノ三右衛門か。やいこの老《お》い耄《ぼ》れ！　俠客ともあろうモンが、役人なんぞの手先になるとは呆れ果てて物も言えねぇ。悪党の風上にも置けねぇ野郎だぜ！」

「抜かしやがったな！　八巻様をそんじょそこらの同心なんぞと一緒にしやがったら、ただじゃあおかねぇぞ！」

「ただじゃおかねぇとしたら、どうするってんだい」

六太郎は高笑いした。神竜一家の手下どもが一斉に三右衛門たちを取り囲む。

ドロ松たちはお兼を庇って円陣を組んだ。

六太郎が吠えた。

「やっちまえ！」

神竜一家が雄叫びをあげながら襲いかかってきた。

「押し返せッ」

荒海一家も長脇差を引っこ抜いて応戦する。刃と刃が打ちあって、凄まじい金属音と火花が散った。

しかしやはり多勢に無勢だ。たちまちのうちに荒海一家が圧《お》され始めた。

「死にやがれッ」

神竜一家の若い者が、長脇差で斬りつけてきた。

「この餓鬼ッ」

三右衛門はガッチリと受けた。その瞬間、左右から別の者たちが飛び込んでくる。匕首で三右衛門の脇腹をえぐろうとした。

「野郎ッ」

三右衛門は短い足を伸ばして、右から来た者を蹴り飛ばし、次いで脇にピョンと跳んで左からの攻撃をかわした。

三右衛門ほどの喧嘩巧者だからこそ避けることができたが、やはり不利は免れない。ドロ松たちが圧倒されて、お兼を護る陣形が崩れた。

ここは天下の往来、農地や里山が広がる在郷ながらも、江戸の市中だ。

「喧嘩だ！」

「きゃあああッ」

乱闘に気づいた町人が叫び、農婦が悲鳴を上げながら逃げていく。

六太郎は「チッ」と舌打ちした。

「荒海一家はたったの四人だ。とっとと片づけろ！」

神竜一家の子分たちは目の色を変え、短時間で始末をつけようと猛進した。

「うわっ」

荒海一家の子分が一人、押し倒された。崩れた円陣の中に、すかさず神竜一家の幸三が踏み込んだ。

「お兼ッ、死にやがれッ」

幸三は、振り上げた長脇差を大上段から斬り下ろした。

その瞬間、

「うわっ！」

なにがどうなったのか、幸三は長脇差を握った腕を取られて、逆手にねじり上げられていた。

「ヤッ！」

お兼が気合の声を放つ。幸三の身体は空中でもんどりをうって、背中から地面に叩きつけられた。

「ギャアッ！」

幸三は身をのけぞらせて悶絶する。お兼は幸三の手首を草鞋《わらじ》の足でグイッと踏んで、長脇差を奪い取った。

「手前ぇッ！」

六太郎が絶叫する。

「お兼じゃねぇな！　な、ナニモンだいッ」

お兼――に扮していた女は、背中の赤ん坊をスルリと地面に落とした。産着の中身は人形であった。

「悪党どもに名乗る名など無い」

お兼に扮していた美鈴は、刀を峰打ちに持ち直すと、気負いもなく、殺気も見せずにスルスルと踏み出して、ドロ松を囲んでいた者たちに迫った。

「この女《あま》！　舐《な》めやがって！」

神竜一家の三人が美鈴を迎え撃つ。またしても三方からの攻撃だ。正面の男が真っ向から長脇差を振り下ろしてきた。

なにが起こったのか、この男にも理解できなかったに違いない。美鈴は瞬時に男の胴を打った。

ヤクザ者の打ち込みなど、美鈴にとっては遅すぎて話にもならない。刀で合わせようともしなかった。男が身体をくの字に折った瞬間にはもう、男の脇をすり抜けて、クルリと踵《きびす》を返している。

「あっ！」

「なんだッ」

左右から攻撃するはずだった男たちが慌てた。美鈴の姿が目の前から消えてしまったからだ。

美鈴はヒラリ、ヒラリと身を翻すと、峰打ちで難無く男たちを打った。

「ギャッ」

「ぐわあっ！」
二本の匕首がチャリンと地面に落ちる。ドサドサッと二人の男が倒れた。六太郎が
あっと言う間に四人が倒された。神竜一家の子分たちに動揺が走る。
一番激しく取り乱し、だらしなく顔色を変えた。
「駄目だ、敵《かな》わねぇ！　逃げろッ」
お兼が推察していた通り、六太郎は臆病者だったのだ。戦う子分たちを尻目に
真っ先に逃げていく。しかしそれでも意地汚く、背中の銭箱だけは放そうとしな
い。
黒鬼ノ二郎が追いついてきた。
「どうしやす、親分ッ」
六太郎はうろたえきった顔つきで叫び返した。
「板橋宿を走り抜けるんだ！　板橋から向こうへは、町奉行所の役人どもは出ら
れねえ！」
板橋宿の手前に境界がある。そこから先は勘定奉行所の代官が支配する土地
だ。そして板橋宿は道中奉行の支配地である。
厳格に支配地が定められているのだ。南北町奉行所の役人は江戸から外へは踏

み出すことができなかった。

「走れ！　走るんだ！」

六太郎自身が夢中になって走った。

走るとなると、さすがに神竜一家は足が速い。上州の山中で鍛えた足腰は獣も顔負けだ。一方の三右衛門は年嵩《としかさ》だし、美鈴はやはり女の足だ。三右衛門の手下たちは浅手を負っている。神竜一家は荒海一家をすぐに引き離すことができた。

飛鳥山《あすかやま》を右手に見ながら走る。広大な巣鴨の御薬園さえ過ぎれば町奉行所の捕縛から逃れることができるのだ。

「見ろよ、やったぜ！　板橋宿だ！」

子分たちが沸き返った。王子権現の追分に立つ石碑が見えた。その先はもう、板橋上宿だった。

だがその時――、

「あっ」と叫んで黒鬼ノ二郎が足を止めた。

黒巻羽織姿の同心が、板橋宿の前に立ちはだかっていたのである。

六太郎は目を剝いた。

「八巻！」

気障《きざわ》りな優男《やさおとこ》風の物腰で、口元には余裕の笑みを浮かべている。その左右には荒海一家の子分たちと、むさ苦しい巨漢の浪人者を従えていた。

「待ち伏せしていやがったのか……」

六太郎は、本物のお兼の姿がそこにあることにも気づいた。

「お兼ッ、よくも俺たちを八巻に売りやがったな！」

江戸方向に逃げることもできない。女剣客と三右衛門が追ってくる。

六太郎は覚悟を固めた。

「こうなったら、存分に暴れ回ってやるまでよ！」

子分どもに血走った目を向けた。

「暴れに暴れて、血路を開いてやるぜ！」

子分たちも「おうっ」と応えた。無理やりに包囲を切り抜けることしか、生き残る道はないと覚悟したのだ。

「やっちまえ！」

「うおおおッ！」

六太郎と神竜一家は野獣のように吠えながら板橋宿に向かって突進した。

「そうはさせるかいッ」

卯之吉の横で寅三が叫ぶ。

「八巻の旦那の御前だ！　野郎どもッ、抜かるんじゃねえぞ！」

今度は荒海一家が「おうッ」と吠えて、神竜一家を迎え撃った。白鉢巻きをして手には白木の六尺棒を握っている。

卯之吉の横には、烏金ノ小平次の姿もあった。

小平次は申し訳なさそうに腰を折って卯之吉を見上げた。

「旦那、本当によろしいんですかい」

卯之吉は鷹揚に頷き返した。

「烏金の親分が捕り物に加わっていたってことになれば、親分の顔も立つんだろう？」

卯之吉はわざわざ人を走らせて、小平次に同行を促したのである。

「あっしだけじゃねぇですぜ。玉木の旦那のご面目まで保たれ――いや、そうじゃねぇ。最初から、玉木の旦那をお救いくださろうってぇ、お志だったんでございますね」

小平次は強面の顔つきに似合わぬ涙を浮かべている。卯之吉はこういう展開は大の苦手だ。

「いいからお行きよ。お縄にかけておいでな」

「へいっ！　この小平次の働きを、しかと御検分下せえ！」

小平次は勇躍、飛び出して行った。

中山道の真ん中で、六尺棒と長脇差を振り回しながらの死闘が繰り広げられ始めた。

「畜生めッ！　死にさらせッ」

六太郎は長脇差を振り回し続ける。目の前は真っ白になり、意識は沸騰し、自分の目が何を見ているのかすらもわからない。長脇差で誰かの肉を斬ったようだし、自分の身体も何度もきつく打ち据えられた。額が破れて血が噴き出しているようだ。

いつしか長脇差の刃は血まみれになっていた。しかしそれが自分の傷口から流れた血なのか、相手の血なのか、それすらわからなくなっていた。

命を捨てて暴れる者は強い。神竜一家はほとんど手がつけられない状態だ。しかし今度は荒海一家が多勢であった。追いついてきた三右衛門が的確に指図を出して、子分どもを采配した。

「そいつに目潰しを投げつけろ！　砂でも泥でもいい！　よしっ、今だ、叩きのめしてやれ！」

神竜一家の大男が、視界を奪われたうえに、四方八方から六尺棒で叩かれて長脇差を取り落とした。すかさず荒海一家の子分たちが飛び掛かって押し倒す。

美鈴も乱戦に加わった。峰打ちでポンポンと打っていく。腕の骨を折られ、肩の骨を砕かれても闘志を失わない相手には驚かされた様子だが、

「ヤッ！」

腰を低く落とすと相手の膝の骨を打ち砕いた。さしもの悪党も体重を支えきれずに転倒した。すかさず小平次が飛び掛かって縄をかける。さすがに古株の岡っ引きだけあって見事な手際であった。

このようにして、一人、また一人と神竜一家の子分たちが倒され、縄をかけられていった。

「畜生ッ！　畜生ッ！」

縄をかけられた子分どもを見て、六太郎は血まみれの形相で歯嚙みした。

「こうなったら、八巻と差し違いだ！」

黒鬼ノ二郎と二人並んで、卯之吉目掛けて突進を開始する。

「八巻様！」

お兼が悲鳴を上げた。卯之吉は刀を抜こうともせず、羽織の袖をダラリと垂らして立っているだけだ。

「八巻ッ、くたばれ！」

血だるまになった六太郎と二郎が、左右から八巻に襲いかかろうとした。

「危ない！」

お兼は八巻が斬られてしまうと思った。しかしその瞬間、

「とわっ！」

野太い声を張り上げながら浪人が進み出て来た。腰のダンビラが一閃《いっせん》され、

「ギャッ！」

六太郎の腕が輪切りにされて宙に飛んだ。浪人は返す刀で真っ向から、黒鬼ノ二郎に斬りかかる。今度は二郎の手首が長脇差を握ったまま斬り落とされた。お兼の目の前に、千切れた手と長脇差がドスンと落ちてきた。

六太郎と二郎は、血を流しながら悶絶した。血にまみれて泥のようになった地べたの上を転げ回っている。

追いついてきた小平次と、荒海一家の子分たちが二人を取り押さえて縄をかけた。

浪人は面目なさそうに眉根を寄せた。

「咄嗟のことで、峰を返す暇もなかったわ」

小平次が答える。

「なあに、腕なんざなくっても、お白州には引き出せまさぁ」

そう言うと人の悪そうな顔で笑った。

お兼は、八巻の後ろ姿を見つめた。

何事もなかったかのように佇立《ちょりつ》して、手下の働きを見守っている。二人の悪党に襲われたにもかかわらず、一歩足りとも、退こうとはしなかった。

(度胸がおありなさるんだねぇ……)

子分である浪人の腕前を信じきってもいるのだろう。だからこそ子分に命を預けて、微動だにしなかったのである。

(ああ、これこそが本物の親分さん……、人の上に立つ御方のお姿なんだねぇ)

権太夫や六太郎のような、人でなしの卑怯《ひきょう》者しか知らなかったお兼は、卯之吉の後ろ姿が放つ人徳と威厳に心を打たれ、ホロホロと感涙にむせんだのであった。

「若旦那、若旦那……」

銀八が卯之吉に駆け寄って、その袖をツンツンと引いた。

「やっぱりでげす。白目を剝いて気を失っておられるでげすよ」

あまりの恐怖に、立ったまま失神してしまったのだ。

「同心様のご面目が丸潰れでげす」

小平次や三右衛門たちに気づかれる前に、目を覚まさせなければならなかった。

「旦那！　神竜一家には残らずお縄をかけやしたぜ！」

三右衛門が得意気な顔つきで報告した。

「えっ、あっ、それは骨折りだったねぇ」

目を覚ました卯之吉は、お兼に目を向けて訊ねた。

「これで残らず召し捕ったのかねぇ？」

お兼は涙しながら土の上に膝を揃えて拝跪《はいき》した。

「一人残らず、お召し捕りにございます」

卯之吉はほんのりと笑って頷き返した。

「お兼さんがそういうのなら間違いないね。あんたも、藤吉坊も、これからは枕を高くして寝られるというものだ」

「何もかも、八巻様のお陰でございます。八巻様のお袖にお縋りした甲斐《かい》がございました」

涙に濡れた顔を向けられて、卯之吉は慌てて手を振った。

「いや、見ての通りに、あたしは何もしていないから……」

三右衛門はガハハと高笑いした。

「旦那、そいつぁご謙遜《けんそん》が過ぎるってもんですぜ！」

烏金の小平次と荒海一家の子分たちも一斉に笑い声をあげた。

江戸のほうから番屋の者たちが駆けつけてくる。事情を説明するために小平次が走った。

神竜一家を牢屋敷に送り込んで、ひとまず落着という運びとなった。

五

卯之吉は、のほほんとした顔つきで奉行所の廊下を渡って、沢田彦太郎の用部屋の前で膝を揃えた。

「お呼びでございますか」

「八巻ッ、八巻ッ」

けたたましい声をあげながら沢田彦太郎が手招きする。卯之吉は用部屋に入った。

「ようやった」

沢田はたいそうご満悦の様子だ。

「そのほうの此度《こたび》の働き、お奉行もお喜びじゃぞ！　お奉行のご面目も立ったというものだ。そなた、お城に上がってご老中の本多《ほんだ》様よりお言葉を賜り……などという話にもなっておるぞ！」

町奉行所で大手柄を立てた者は、江戸城に呼ばれて老中からお褒めの言葉を頂戴することがあった。町奉行の推薦と根回しがあってのことで、同心たちにとっては生涯の誉とされていた。

しかし卯之吉は芳《かんば》しくない顔つきで首を傾げた。

「ご老中様にご対面ですか。それは物入りになりそうですねぇ」

「馬鹿を申せ。進物を届けて挨拶するのではない。あちら様がお前にご褒美をくださるのだ」

「はぁ」

どうせたいした額でもあるまい、などと卯之吉は、いつもの非常識で考えた。

「まぁ、そのお話は、また次の機会に……ということでお願いしますよ」

沢田を愕然《がくぜん》とさせる言葉を口にした。

「し、しかし八巻、こんな話は滅多にあることではないのだぞ」

「そうは仰いますがねぇ、手前は金で同心の身分を買った者ですよ？　お城なんかに登って、あれこれと身元を探られたりしたらどうなさいます」

「うっ」

「手前が同心株を買った際にご尽力なさったのは沢田様……。これはどうにもまずいんじゃないですかねぇ」

「わ、わかった」

沢田は両手を突き出して話を遮《さえぎ》った。

「そうまで申すのなら、この話は立ち消えじゃ！」

「それがよろしゅうございましょう」

卯之吉はほんのりと笑った。そして話題を変えた。

「そんなことより沢田様」

老中との体面を〝そんなこと〟呼ばわりしながら続ける。

「お兼へのお仕置きは、どうなりましたかねぇ」

「権太夫の情婦だったとか申す女狐か」

「はい」

沢田は机の上の帳面を捲《めく》って、目を通してから答えた。

「おぬしの話では改悛の情も甚だしいようだし、元々は攫われて無理やり一味に引き入れられた者じゃ。この度の捕り物も、お兼の尽力がなくては首尾よく運ばなかったであろう」

「はい」

「かつては大悪党の情婦で、上州の悪党どもの顔と名に通じておるという、その見識も捨てがたい。よって、町奉行所の密偵となることに同意するのであれば、罪を減じてやらぬでもない――との、お奉行のお言葉であった」

「ははっ。有り難き幸せ」

卯之吉は芝居を真似て物々しく低頭した。

「これで、権太夫の隠し金が本当にあれば、もっともっと、良い幕引きでございましたのにねぇ」

「隠し金？　なんじゃそれは」

「神竜一家をおびき出すための方便でございますよ」

「なんじゃ、嘘か」

沢田は露骨に残念そうな顔をした。

「話は終りだ。下がれ」

「あい。ご機嫌よろしゅう」

卯之吉は沢田の用部屋を退出した。

卯之吉の屋敷の生け垣の、片開きの扉が開いて、藤吉を背負ったお兼が表道に出てきた。見送りに出た卯之吉と銀八、美鈴に向き直って深々と低頭した。

「八巻様には、なんとお礼を申し上げたらよいか……」

「ああ、いいよ、そんな挨拶は」

「いいえ、母子ともども命を助けられました。神竜一家を召し捕っていただき、これからは安心して暮らせます」

「うん。そいつもみんな、あんたの手柄さ」

お兼は涙を拭った。

「八巻様のご尽力で罪まで許され……。これで藤吉は肩身の狭い思いをせずに生きていくことができましょう」

「それだけどね」

卯之吉は訊ねた。

「これからどうするおつもりかねぇ。密偵になると言っても、奉行所のお手当てなんか雀の涙さ。他に生計《たつき》がなくちゃいけない」

「はい。それでしたら、田端のあたりの地蔵堂を借りて、尼僧になるつもりでおります」

「えっ」と目を丸くさせたのは銀八だ。

「その若さで尼さんになるんでげすか？　そいつぁもったいねぇ」

銀八は美鈴に肘で小突かれた。

お兼は固い決意を秘めた顔つきで低頭した。

「今度の一件では富蔵という男を死なせてしまいました。それに神竜一家だって、手前が獄門台に送る手助けをいたしました。さらに申せば、手前は神竜一家の女悪党として、悪事を重ねた身でございます」

呑気者《のんき》の卯之吉でさえ、お兼の苦しみと自責の念が理解できる。

お兼はきっぱりと顔を上げた。

「仏門に帰依《きえ》して、死んでいった者たちを、生涯かけて供養してまいりたいと思います」

「うん。そう決意したのなら、それが一番いいことだね」

「街道に立つ地蔵堂の堂守であれば、お奉行所より命じられた密偵の仕事も務まりましょう。上州から江戸に忍び込む悪党どもは、一人たりとも見逃しはいたしませぬ」

「うん。そういうことなら朔太郎《さくたろう》さんに頼んであげよう」

「朔太郎さん？」

「あ、いや、ちっとばかりお寺さんと親しくしていなさるお人がいるのさ」

卯之吉は藤吉に目を向けた。

「尼寺に入るとなれば、子供とは離れなくちゃなるまいね」

「手前のように、肌身に悪念、怨念《おんねん》の沁みた女に育てられたら、いろいろと障りもありましょうから」

「子のためを思って、母子の縁を切るってのかい」

卯之吉は突然の涙に襲われて、グスッと鼻を鳴らした。

「あい、わかったよ。藤吉坊は、ちゃんと身の立つようにしよう」

三国屋の財力があれば、子供一人を養い育てるぐらいわけもない。店では何十人もの丁稚《でっち》小僧の寝食を面倒みているのだ。

「ただし、乳離れするまでは、尼寺行きを辛抱してくれなくちゃ困るよ」

貰い乳の苦労を思い出して卯之吉が笑うと、釣られてお兼も笑みを返した。

荒海一家の寅三が迎えにやってきた。しばらくは荒海一家に紹介された長屋で生活するのだ。

「それでは八巻様、この度はまことにありがとうございました」

「うん。藤吉坊に風邪なんかひかせないようにね」

お兼は去っていき、卯之吉は屋敷に戻った。

「ああ、なんだか屋敷内がガランと広くなったような気がするねぇ」

赤ん坊たちと乳母のお仲がいなくなった。屋敷には静寂が戻り、同時になんだか寂しくなった。

「お茶を淹れましょう」

美鈴が台所へ向かう。その背中を意味ありげに見送ってから、銀八は卯之吉に小声で囁きかけた。

「若旦那も、そろそろご自分の赤ん坊が欲しくなったんじゃねぇんですかい？」

「なんだか、お寂しそうになさっちゃってるでげすよ？　そろそろ身を固めてぇ、なーんて、お考えなんじゃねぇんですか？」

「いや、あたしは駄目だよ。こんな放蕩者の穀潰しだもの。そもそも嫁に来てくださるお人なんかいないよ」

「あたし？」

「美鈴様は？」

「なにを言ってるんだいお前は」

急須を盆に載せた美鈴が戻ってきた。

「なんのお話です？」

「うん、銀八がね——」

「あわわわわ……」

銀八はわざとらしくその場でひっくり返って話を遮った。

「どうしたの銀八さん」

「いえ、その、お庭の様子が、いつの間にやらすっかり秋めいてきやがったなぁ、ってね、それでビックリ仰天しちまった、ってぇ次第でして」

「そんなことで驚くのかね」

卯之吉はアハハと笑った。
赤蜻蛉《あかとんぼ》が飛んでいる。空はどこまでも青く澄みわたっていた。

双葉文庫

は-20-09

大富豪同心《だいふごうどうしん》

卯之吉子守唄《うのきちこもりうた》

2012年4月15日　第1刷発行
2019年4月22日　第3刷発行

【著者】
幡大介《ばんだいすけ》

【発行者】
箕浦克史

【発行所】
株式会社双葉社
〒162-8540 東京都新宿区東五軒町3番28号
［電話］03-5261-4818(営業)　03-5261-4833(編集)
www.futabasha.co.jp
(双葉社の書籍・コミックが買えます)

【印刷所】
株式会社新藤慶昌堂

【製本所】
大和製本株式会社

【表紙・扉絵】南伸坊
【フォーマット・デザイン】日下潤一
【フォーマットデジタル印字】飯塚隆士

ISBN978-4-575-66559-8 C0193
Printed in Japan

芦川淳一

剣四郎影働き
姫さま消失

長編時代小説〈書き下ろし〉

黒川藩の綾姫が伝通院を参詣した折、忽然と姿を消した。その後、五千両の身代金要求があり、如月剣四郎に姫を助けて欲しいとの依頼が！

稲葉稔

真・八州廻り浪人奉行
虹輪《こうりん》の剣

長編時代小説〈書き下ろし〉

凶賊〈毒蜘蛛〉捕縛のため、小室春斎は別の殺しを追う同僚の松川左門と東海道を上り始める。色欲渦巻く宿場町に、血飛沫の花が咲く！

海野謙四郎

異能の絵師爛水
花鎮めの里

長編時代小説〈書き下ろし〉

桜の季節、北国の櫛流村に北野爛水と名乗る謎の絵師が現れた。不思議なことを次々と起こす爛水という若者とは、はたして何者なのか。

北沢秋

奔《はし》る合戦屋《かっせんや》（上・下）

長編戦国エンターテインメント

中信濃の豪将・村上義清の下で台頭する石堂一徹。いかにして孤高の合戦屋は生まれたのか。話題のベストセラー戦国小説第二弾！

佐伯泰英

居眠り磐音《いわね》　江戸双紙 38
東雲《しののめ》ノ空

長編時代小説〈書き下ろし〉

天明二年秋、坂崎磐音の江戸帰着を阻止せんと田沼意次一派が警戒を強めるなか、六郷の渡しに子供を連れた旅の一行が差し掛かり……。

坂岡真

照れ降れ長屋風聞帖
妻恋の月

長編時代小説〈書き下ろし〉

岡場所出で今は鏝師の女房おつねは長屋内での盗みの下手人として捕縛されてしまう。亭主が筑土八幡の壁に描くはずの白虎はどうなる!?

芝村涼也

返り忠兵衛　江戸見聞
雄風《ゆうふう》翻《はため》く

長編時代小説〈書き下ろし〉

懐古堂殺しの下手人と、忠兵衛襲撃の経緯を探る岸井千蔵。傷を負った忠兵衛には、さらに凶悪な刺客が襲いかかる。大人気シリーズ第五弾。